Für Julia

«Schon geil, so ein Buch, oder?»

Jürg Ritzmann

Gut behauptet ist
halb bewiesen

Satire und Humor aus dem «Nebelspalter»

Bibliografische Information der Deutschen Nationalbibliothek:
Die Deutsche Nationalbibliothek verzeichnet diese Publikation
in der Deutschen Nationalbibliografie;
detaillierte bibliografische Daten sind im Internet
über http://dnb.dnb.de abrufbar.

© 2023 Jürg Ritzmann

Herstellung und Verlag: BoD – Books on Demand, Norderstedt

ISBN: 978-3-7583-0729-4

Inhaltsverzeichnis

I

Paradoxon Tempo 30

Strassenverkehr und Wissenschaft sind eng miteinander verknüpft. Jedes Kind (mit bestandener Velofahrprüfung, natürlich) weiss zum Beispiel, dass sich der Bremsweg ab Tempo 120 km/h halbiert, ab zirka 165 km/h und Regen je nach Reifenprofil Aquaplaning auftreten könnte und bei schneebedeckter Strasse im Prinzip nichts passiert, sofern das Fahrzeug mit Allradantrieb ausgestattet ist. Die allermeisten SUV haben übrigens Allradantrieb, was – in Kombination mit ausserordentlich wenig Gewicht – faktisch bedeutet, dass kein Unglück passieren kann (Jargon: Un-Unfallbarkeit). Wissen hilft.

Bei der Berücksichtigung von neuen wissenschaftlichen Fakten geht es selbstverständlich nicht nur um die Unversehrtheit der Fahrzeuginsassen, sondern um das Wohlbefinden aller am Strassenverkehr beteiligten Lebewesen. Politiker haben ein grosses Herz. Jede neue Erkenntnis wird mit hohem Tempo verarbeitet: Kann auf der Basis der Neuigkeit ein neues Gesetz, eine neue Verordnung gebastelt werden? Könnten wir mit Massnahmen einen Unfall pro hundert Jahre verhindern? Oder bestenfalls: Kann die Politik damit eine neue Steuer rechtfertigen? Ideenreichtum ist grenzenlos (die Stadt Zürich zum Beispiel schafft als Reflex – egal bei welcher neuen Erkenntnis – erfolgreich fünfzig Parkplätze ab).

Kein Aufwand ist uns zu hoch, um hier und jetzt das Thema «Tempo 30» zu beleuchten, das hauptsächlich auf den Argumenten «Lärm» und «Sicherheit» basiert. Aber eins nach dem anderen: Schon nur die grundsätzliche wissenschaftliche Erkenntnis «Autofahren verursacht Lärmemissionen» hinkt gewaltig, denn a) Elektromobile schleichen sich völlig lautlos an ihre Verkehrsopfer heran, und b) häufig wird die Emission von anderen, lauteren Quellen übertönt (Fluglärm, Klima-Demos, schimpfende Radfahrer). Bewegt sich ein Auto mit Verbrennungsmotor mit 30 km/h durch die Stadt, so verursacht es weniger Lärm als wenn es mit 50 km/h fährt, doch – jetzt gut aufpassen, liebe Mathematikstudenten: Die Anwohner sind diesem (leiseren) Lärm länger ausgesetzt, da das Auto über einen grösseren Zeitraum hinweg am Standort des Gestörten zu hören ist. Diese Beeinträchtigung der Lebensqualität stellen wir in der blauen Skala auf der linken Vertikalachse dar (0 = gar nicht gestört bis 5 = fuchsteufelswild)

Auch dem Argument «Sicherheit» liegt ein fataler Trugschluss zugrunde. Zwar reduziert sich das Verletzungsrisiko bei einem Unfall mit Tempo 30 enorm, gegenüber 50, was niemand bezweifelt (ausser vielleicht BMW-Fahrer). Hier kommt uns allerdings eine anderer wissenschaftlicher Fakt in die Quere: Je langsamer das Auto, desto gelangweilter der Lenker, desto tiefer dessen Konzentration. Vollkommen klar, dass dösende Fahrer ein Unglück verursachen müssen, praktisch, was Sie auf der Skala in der grünen vertikalen Achse rechts illustriert sehen (0 = Tiefschlaf, 5 = Chuck Norris-Konzentrationslevel). Höchst selten liest man von Unfällen in Quartierstrassen, bei denen der Verursacher mit 120 km/h unterwegs war.

Unter Berücksichtigung aller – inklusive obiger – Erkenntnisse wird die Politik mit an Sicherheit grenzender Wahrscheinlichkeit «Tempo 30» nochmals ausgiebig diskutieren. Vermutlich wird es auf einen Kompromiss hinauslaufen, Tempo 80 oder so, typisch schweizerisch halt.

So, das war es bereits mit unserem kleinen Exkurs. Das nächste Mal behandeln wir die Korrelation von 3-Lagigem Toilettenpapier und Zugverspätungen.

Von fuchsteufelswild bis Tiefschlaf

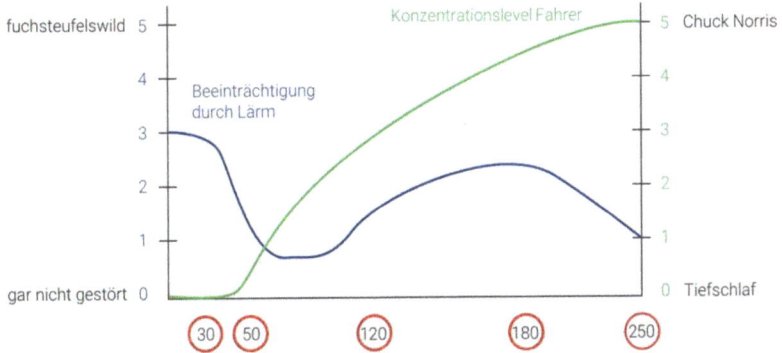

9

Alles Bot oder was?

Wenn Sie eine Arbeitsstelle mit Kundenkontakt haben, und Ihre Kunden stellen Ihnen oftmals die gleichen Fragen, dann sollten Sie vielleicht in Erwägung ziehen, ein Roboter zu werden. – Also, im übertragenen Sinne natürlich: Der Roboter kennt die Antwort auf die häufigsten Fragen, weshalb immer mehr Unternehmen ihren Kunden das Vergnügen ermöglichen, mit einer Maschine zu interagieren, via Internet. Es gibt eben nicht nur dumme Antworten, sondern auch saudumme Fragen. Man hat uns in der Schule belogen.

Die oben erwähnte Innovation nennt der geübte Informatiker Chatbot («Chat» für Schwatzen und «Bot» für Roboter, aber niemand will Sie hier langweilen). Wir geben also eine Frage ein, auf der Kontaktseite unserer Lieblingsfirma, zum Beispiel «wie lange ist die Kündigungsfrist für mein Mobilfunk-Abonnement» und bereits Bruchteile einer Sekunde später, also viel schneller als dies ein menschliches Wesen tun könnte, antwortet der Bot «Klaviere haben wir in Weiss, Hellbraun und Schwarz im Angebot». Innovation ist übrigens – Sie mögen die Ausdrucksweise verzeihen – ein totales Scheisswort.

Manche Kunden ärgern sich dann, wenn sie keine gute Antwort erhalten, – ganz im Gegensatz zum Roboter, dem es a) schnurzegal ist, dumme Fragen gestellt zu kriegen, und dem es b) nicht egaler sein könnte, eine unpassende Antwo … – wie bitte, ich soll dem Fortschritt im Wege stehen, reaktionär und von gestern sein? – aber hallo, was für eine Behauptung, denn am Freitag, 4. November 2022 war in Zürich exakt um 7:14 Uhr Sonnenaufgang! Dieser Text wurde von einem Bot geschrieben. Auf Wiederlesen.

Der Richtungsänderungsanzeiger

Es steht auf Lehm gebrannt, im Strassenverkehrsgesetz: «Jede Richtungsänderung ist mit dem Richtungsanzeiger rechtzeitig anzugeben». Natürlich wird viel geschrieben wenn der Tag lang ist, gerade bei der Gesetzgebung. Die Praxis allerdings offenbart uns verschiedene Arten von Verkehrsteilnehmern, die ihre Individualität unterschiedlich stark zum Ausdruck bringen.

«Nicht blinken und nicht abbiegen» ist der Klassiker schlechthin, in der Grafik unten links dargestellt (A). Der Fahrzeuglenker ist zu träge für einen Richtungswechsel und fährt schlicht geradeaus, vollkommen einfallslos und unspektakulär. Manche tun dies angeblich, weil der Weg zum Zielort im Moment keine Abzweigung vorsieht, was in den meisten Fällen ein billiger Vorwand ist, um die eigene Faulheit zu kaschieren. Andere haben emsig Unfallstatistiken analysiert mit dem Resultat, dass Abbiege-Manöver risikoreicher sind als geradeaus fahren. – Was selbstverständlich ein Trugschluss ist: Die nachfolgenden Autolenker vermuten in jeder Sekunde, dass ihr Vordermann plötzlich ohne zu Blinken abbiegen könnte. Das macht nervös und kann zu unüberlegten Reaktionen führen (zum Beispiel Überschläge).

Weitaus origineller verhält sich derjenige Lenker, der minutenlang blinkt, jedoch nie die Richtung wechselt (B). Er bringt Spannung in unser Leben: Wird er die nächste Verzweigung nehmen? – Nein, die übernächste? Wir wissen es nicht. Häufig wird das ständige Blinken als Provokation aufgefasst, der ein Riegel geschoben werden will, vom Umfeld. Empfohlen werden akustische Signale und das gleichzeitige Betätigen der Lichthupe (Jargon: Stroboskop). Zuweilen darf dies mit international etablierter Gestik untermalt werden.

Abbiegen ohne zu blinken (C) wird von anderen Verkehrsteilnehmern nicht selten als Unsitte empfunden, blödsinnigerweise, denn: Womöglich ist der Lenker gerade in ein Gespräch über Quantenphysik vertieft, an seinem Mobiltelefon, oder er erklärt einem lieben Mitmenschen die Abseitsfalle. Wie in aller Welt sollte man da noch den Richtungsänderungsanzeiger betätigen können, – hallo!? Wenn Sie zum Beispiel in einen Big Mac beissen und gleichzeitig blinken wollen, dann tropft in den allermeisten Fällen Sauce auf die Hose. Damit ist niemandem gedient.

Ganz oben auf der Rangliste der langweiligen Lebewesen thront derjenige Verkehrsteilnehmer, der die Richtung anzeigt und sodann abbiegt (D). Er hat mit seinem Leben abgeschlossen, sozusagen, verhält sich mit seiner aggressiv-unerträglichen Konformität ausgrenzend gegenüber dynamisch weltoffenen Menschen, die es mit den Regeln nicht so genau nehmen. Eine Ode an das Spiessbürgertum. Im Grunde verunmöglichen sie mit ihrem Verhalten ein friedliches Zusammenleben. Der Todesstoss für jegliche Kreativität.

So, das war's schon mit unserem kleinen Exkurs. Der Einfachheit halber haben wir «links blinken und rechts abbiegen» weggelassen (an dieser Stelle keine politischen Analogien, bitte). Zum Schluss noch ein Fakt seitens Automobilhersteller: Eine zu häufige Betätigung des Blinkers bewirkt, dass das Plastik spröde wird und der Hebel eines Tages abbricht. Und dann ist fertig geblinkt, meine Damen und Herren. Wir wünschen eine gute Fahrt!

Blinken

Nicht
blinken

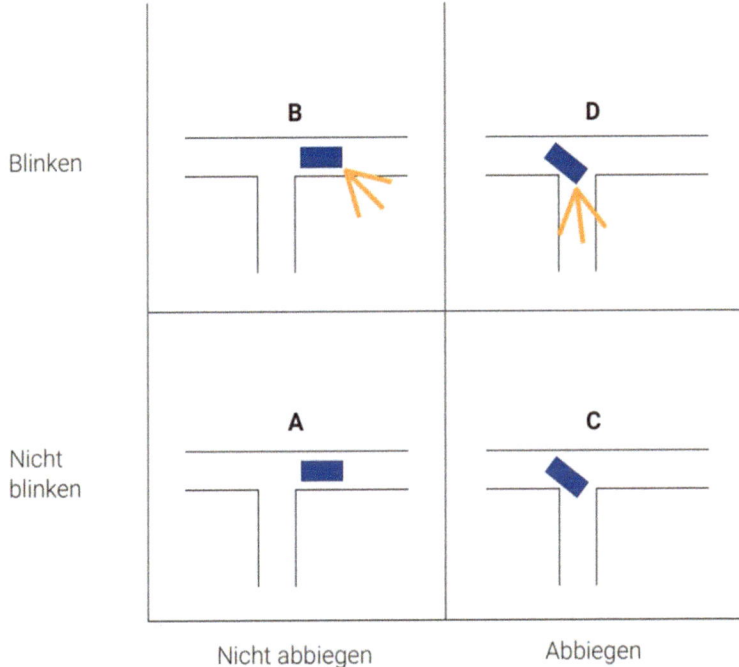

B

D

A

C

Nicht abbiegen

Abbiegen

Aaachtung!

Wenn Sie einem Vorgesetzten begegnen, im Militär, oder einer Vorgesetzten meinetwegen, dann können Sie nicht einfach «hallo» oder «guten Tag» sagen. Ihr Gegenüber würde einen roten Kopf kriegen, vermutlich, und sodann gemeine Dinge sagen, sehr laut, zum Beispiel «melden sie sich gefälligst an, Soldat!» oder «wie heissen sie?»

«Anmelden» heisst im Militärdienst, dass man zuerst den Rang des Vorgesetzten sagt (vermutlich, damit er diesen nicht vergisst) und danach seinen eigenen Rang und seinen Namen. Man muss sich also nicht bloss zu Beginn der Rekrutenschule anmelden, an einer Reception oder so, sondern immer wieder, manchmal mehrmals täglich. Sie müssen sich das einmal vorstellen. An jeder Uniform klebt übrigens ein Namensschild.

Am Ende des Gesprächs, wenn man das so nennen darf, soll sich der Soldat dann auch abmelden. So weiss jeder, dass der andere nicht mehr da ist, wenn man ihn nicht mehr sieht.

Das ist alles geregelt, wissen Sie. Einen Krieg gewinnt man schliesslich nicht mit ... – so, Schluss jetzt! Ich melde mich ab!

Todesfalle Apfel

Wer kein Blut sehen kann, der sollte vom Kauf eines Apfelteilers absehen. Sie wissen schon, diese runden Dinger, die der Obstfreund von oben her über den Apfel drücken kann, um gleichzeitig acht gleiche Schnitze zu schneiden. – und seine Fingerkuppen. Ratzfatz ist das Gehäuse separiert. An Apple a Day, keeps the Doctor ganz und gar nicht away, jedenfalls nicht mit diesem vermeintlichen Foltergerät. Zum guten Glück sind die meisten Küchen mit Fliesen ausgelegt und nicht mit Teppich.

Sie merken, das obige Urteil über diesen Meilenstein im Land der modernen Küchengeräte ist – gelinde gesagt – etwas undifferenziert, denn auch mit einem herkömmlichen Messer lassen sich kinderleicht ganz passable Verletzungen herbeiführen, beim Versuch, einen Apfel zu schneiden. Zudem werden traditionelle Gewaltverbrechen in den eigenen vier Wänden weit häufiger mit Messern verübt als mit Apfelteilern, die «Blick»-Schlagzeile «Ehefrau mit Apfelteiler zerstückelt» ist uns bisher erspart geblieben, glücklicherweise.

Und Obst direkt abbeissen, also ohne es vorher zu zerteilen, sieht mit Verlaub sehr, sehr unvorteilhaft aus. Unschick, einer modernen Zivilisation unwürdig, irgendwie. Dann also lieber ein Schokorigel, wir sind doch keine Neandertaler! Um langsam zum Schluss zu kommen: Den Apfel entweder ... – ach, wissen Sie, an dieser Stelle wünsche ich Ihnen einfach viel Glück, viele Vitamine und guten Appetit. Die Nummer für den Notruf ist übrigens 144.

Mach es selbst

Angefangen hat das alles bei der Bahn: Der Passagier musste sich nicht im bis zu zehn Grad überheizten Häuschen in die Warteschlange stellen, um sein Ticket beim nicht eben übermotivierten Beamten zu kaufen, sondern durfte versuchen, es am sehr, sehr gut verständlichen Automaten selbst zu erwerben. Der Fortschritt war geboren, die SBB war einmal mehr ihrem Ruf als Pionier gerecht geworden. Erst viel später wurde etwa die Zentralverriegelung bei Autos erfunden (erstaunlicherweise von Mercedes-Benz, nicht von der Bundesbahn). Früher hiess das Ticket Billett.

Die Vorteile der obigen Automatisierung liegen auf der Hand – oder auf den Gleisen, um hier ein bisschen Bahnjargon einzuweben: Der Automat funktioniert Tag und Nacht nicht, der Kunde übernimmt sozusagen die Arbeit des SBB-Angestellten, der sich dank diesem Umstand mit zweiundvierzig Jahren frühpensionieren lassen kann. Also «Win-Win», in gutem Neudeutsch. Und der Raum, in dem früher der Ticketschalter stand und ranzige Prospekte für eine Reise mit der Rhätischen Bahn mit anschliessendem Fondueplausch auflagen, wurde in eine total angesagte Bar mit überteuertem Bier umgebaut. Oder er wurde gesprengt.

Natürlich ist die Welt nicht ganz so einfach, nicht alle Beamten wurden nach Einführung der Ticketautomaten überflüssig und durften ihre schicke Mütze an den Nagel hängen. – Ganz im Gegenteil, es wurden fast mehr Angestellte benötigt, um den völlig verpeilten und beratungsresistenten Kunden die Bedienung der Automaten zu erklären, womit wir im Grunde bereits beim Résumé angekommen wären: Die Automatisierung schafft eben auch neue Jobs.

Frösche küssen

Welche junge Frau kennt es nicht: Sie stehen an einem Teich und sehen einen Frosch auf einem dieser grossen Seerosenblätter sitzen. Was tun? Sonnenklar, dass unmittelbar eine Reihe an Denkmustern aktiviert wird, denen wir hier und jetzt selbstverständlich auf den Grund gehen wollen, wissenschaftlich, denn die Hauptfrage «Küssen oder nicht?» spaltet das Märchenland. Aber eins nach dem anderen.

Glaubt die potenzielle Prinzessin nicht an Wunder, vielleicht, weil sie im Controlling einer renommierten Unternehmensberatung arbeitet, oder weil sie in der Neuen Zürcher Zeitung gerade die aktuelle Statistik über den Anteil an Frauen in Führungspositionen gelesen hat, dann kommt ihr vermutlich nicht im Traum in den Sinn, das Tier zu küssen, siehe A in der Grafik. Alles bleibt so, wie es ist. Dieses Szenario ist der Klassiker, sozusagen, ohne jeglichen Raum für Spektakel oder Hokuspokus. Aus der Froschperspektive tragisch.

Womit wir bereits bei Möglichkeit B angelangt wären: Nach langen Überlegungen entscheidet sich die Studienteilnehmerin, die Amphibie auf ihre Hand zu nehmen und schliesslich sanft zu küssen, – mit der Erkenntnis, dass es erstens ausgesprochen naiv ist zu glauben, Frösche würden sich ... na ja, und zweitens Frösche zu küssen Herpes provoziert. Und Mundgeruch. Aus physikalischer Sicht kann die Versuchsperson von Glück reden, dass sich das Wesen auf ihrer Hand nicht schlagartig in einen Menschen verwandelt hat, was mit an Sicherheit grenzender Wahrscheinlichkeit zu Verletzungen an Hand und/oder Arm geführt hätte. Medizinstudenten nicken.

Weitaus seltener verwandelt sich ein Frosch – oder, wie Biologen an dieser Stelle gerne anfügen: ein Tier allgemein – ohne jegliche Intervention in einen Prinzen, siehe C. Hier von Zufall zu sprechen, ist wohl das Minimum, denn die Erzielung eines derart erfreulichen Ergebnisses ohne jegliche Investition von Mut ... – wobei, warten Sie, vielleicht wollte die junge Frau gar keinen Prinzen? – Egal, nicht einmal in Märchen geschehen solche Dinge, weshalb wir nahtlos zur Königin der Situationen unserer Studie übergehen wollen, siehe D in der Illustration:

Nach Überwindung aller Ekelgefühle entscheidet sich die Versuchsteilnehmerin, den Frosch zu küssen – und zack ... den Rest kennen Sie ja. Vollkommen klar, dass sich die beiden sofort ineinander verlieben, und – trotz Abraten aller Kolleginnen ihres Turnvereins und jeglicher Feen, Hexen und Riesen seines Bekanntenkreises – äusserst pompös heiraten, mit einer grossen Torte, ihre Story auf Instagram teilen, alt werden und ... – na ja, Sie wissen schon.

Das Fazit unserer Studie fällt denn auch relativ kurz aus: Erstens, Frösche zu küssen lohnt sich in jedem Fall, statistisch gesehen, und zweitens, halten Sie sich als junge Frau um Gottes Willen von Teichen fern.

So, das wars bereits, das nächste Mal ergründen wir den Umstand, weshalb sich im Märchen «Frosch*könig*» ein Frosch in einen *Prinzen* verwandelt. Und, warum bereits lange vor den Klimaaktivisten Frösche an vielbefahrenen Strassen geklebt haben.

Küssen

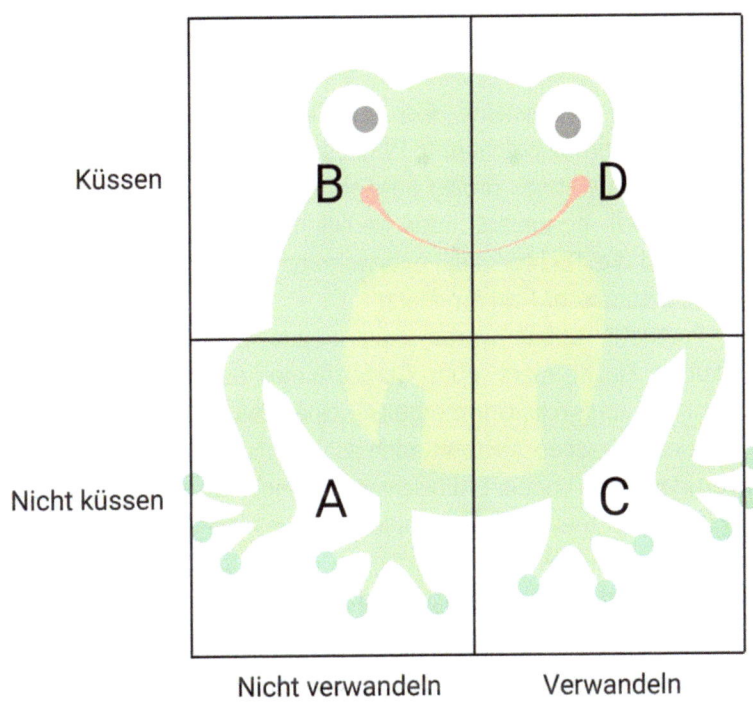

B   D

Nicht küssen   A   C

Nicht verwandeln   Verwandeln

Brennpunkt Postbote

Trüge unser Postbote eine Hose aus Stahl, so würde sich das in der Nachbarschaft herumsprechen, in Windeseile. Frau Hugentobler fände es peinlich, zumal es etwas drollig aussieht, wenn jemand in einer steifen Hose aus Metall herumläuft, der Gemeindepräsident würde den Kopf schütteln und die Tochter des Feuerwehrkommandanten, Lisa, fände es sehr, sehr unmodisch. Fehl am Platz.

Der Postbote selbst würde sein neues Beinkleid lieben: Keine spektakuläre Flucht mehr über Gartenzäune, durchs Rosenbeet, kein Angstschweiss um sechs Uhr morgens – einer Tageszeit, in der Hunde mit einem kleinen bisschen Anstand noch schlafen sollten – und nach jedem Sommerurlaub ein neuer Kühlschrankmagnet am Oberschenkel, als Souvenir. Seine Idee würde Schule machen, ein Beitrag auf «BBC» ausgestrahlt, sie würde patentiert, rund um den Erdball an Postbotenmessen vorgestellt und in Bern, vor dem Hauptsitz des Weltpostvereins, würde ein Denkmal dieses einen Postboten eingeweiht. Aus Metall, natürlich. Es würden Lachsbrötchen serviert. So werden Helden geboren.

Nur Nala, Rex und Emma, Pfote in Pfote mit tausenden von hündlichen Artgenossen auf diesem Planeten, würden unseren innovativen Postboten hassen für seine Erfindung. Bis aufs Blut. Ihre Lefzen würden vibrieren vor Wut, sie würden sich Racheschwüre zubellen – oder mit Urinbotschaften um den Erdball portieren – würden sich organisieren und die Geburtsstunde des Haustier-Terrorismus einläuten. Es wäre Schluss mit lustig. Aber darüber, liebe Leserin, lieber Leser, darüber vielleicht ein anderes Mal.

Die Waage

Neulich stand ich in der Gemüseabteilung, in der offenen, im Supermarkt meines Vertrauens, und wog eine Aubergine ab, drei Franken das Pfund, – doch: Die Maschine gab den Aufkleber mit Preis und Strichcode nicht heraus. Verstopfung.

Als ich mich umdrehte, um ein anderes Gerät zu suchen, sah ich eine junge Frau, die gerade Gemüse – vielleicht war es ebenfalls eine Aubergine – auf die defekte Waage … – na ja, jedenfalls sagte ich freundlich: «die funktioniert nicht», worauf sie keinerlei Reaktion zeigte. Sie war hübsch, vielleicht Mitte Zwanzig, und ich sagte ihr nochmals, dass der Schlitz wohl blockiert sei. Keine Reaktion. Dann halt nicht, dachte ich mir, blöde Kuh.

Erst dann konnte man, etwas versteckt durch die langen Haare, kleine Kopfhörer sehen, Sie wissen schon, diese Dinger ohne Kabel, die weissen. Selber schuld. Und dann dachte ich mir: Was ist das eigentlich für eine Welt, in der wir leben, was läuft hier falsch?

Tatsächlich ist es mühsam, das Gemüse selber zu wägen.

Geile Hühner

Eine Legehenne ist eben nicht ein Brathähnchen. Während die Erstere nicht sonderlich viel Muskelfleisch aufweist (ausser vielleicht am Schliessmuskel), legt das Brathähnchen mit relativ wenig Futter viel Muskelmasse zu, also Fleisch. Der weise Bauer will ergo nicht eine Eier legende Henne mästen, für den späteren Verzehr, und schon gar nicht ein Hähnchen zum Eier legen ... – na gut, wir verstehen das Prinzip.

Das gleiche gilt für Milchkühe, die eben nicht gegessen werden wollen (im Gegensatz zu Rindern), für Zuchteber, Mastgänse und eben irgendwie alles, das von uns Menschen für einen bestimmten Zweck gezüchtet und gehalten wird. Es wird optimiert bis das Schwein pfeift, wir Kunden wollen schliesslich preiswerte landwirtschaftliche Produkte kaufen. Inzwischen hat die Agronomie auch Landwirte gezüchtet, die solche Dinge eben wissen.

Natürlich wissen das auch die Tiere. Und wenn eine Sau beim Kundendienst ihres Grossverteilers anfragt, warum sogenanntes Billigfleisch aus ganz offensichtlich nicht tiergerechter Haltung in den Kühlregalen liege, dann ist die Antwort: «Die Kunden fragen dies nach, es ist ein Kundenbedürfnis». Kommunikationsverantwortlichen von Ladenketten wird dieser Satz am ersten Arbeitstag in grossen Lettern auf den Rücken tätowiert. Viele Tattoo-Künstler üben übrigens auf Schweinehäuten.

Jedenfalls, um langsam zum Schluss zu kommen, räkeln sich Legehennen jeweils etwas lasziv im Sand, sobald sie ein Hähnchen, welches offensichtlich als Brathähnchen enden wird, vorbeistolzieren sehen. «Geiler Body, geile Schenkel», gackern sie sich zu, und freuen sich. So schlecht haben es die Tiere ja auch nicht, oder?

Heute: Schöntrinken

Ursprünglich ein tendenziell sexistischer Begriff, ist das «Schöntrinken» dank grossen Errungenschaften der Emanzipation in der modernen Welt völlig ohne negative Konnotation anzutreffen. Etabliert. Reichlich relativ unattraktive Männer stolpern in der Gegend herum und wollen schöngetrunken werden, von Frauen. Zuweilen gibt es auch Frauen, die Alkohol konsumieren. Ja, wir leben in einer modernen Welt.

Gehen wir zum wissenschaftlichen Teil über. Der Einfachheit halber nehmen wir hier das klassische Rollenmodell, in dem der hormongeschwängerte Herr (in der Illustration «Jäger» genannt) eine Frau kennenlernen möchte. Der eher durchschnittlich attraktive Jüngling betritt eine Bar, sieht sich um, erkennt viele durchschnittlich attraktive Geschöpfe, die aus seiner subjektiven Sicht absolut zu wenig ansprechend für ihn sind, da bei ihm – wie bei vielen männlichen Wesen – die Selbstüberschätzung zu einer seiner grössten Stärken zählt. Also trinkt er erstmal ein Bier. Oder zwei. Die subjektive Attraktivität des Zielobjekts sehen wir auf der linken grünen Achse illustriert (0 = eher unattraktiv, 6 = Penélope Cruz).

Gleichzeitig warten ebendiese weiblichen Gäste sehnlichst darauf, von einem Mann angesprochen zu werden, endlich, damit sie a) jemanden abweisen können, b) wissen, dass sie so attraktiv sind, von jemandem angesprochen zu werden, und c) je nachdem doch noch die inzwischen als unrealistisch eingestufte Chance kriegen, den Märchenprinzen kennenzulernen. Selbstverständlich darf der Exponat nicht zu angetrunken sein, denn wer will schon von einem vermeintlichen Superman angebaggert werden, der ohne Alkohol nicht den Mut dazu aufgebracht hätte? Das Verhalten der Frau bzw. der Peinlichkeits-Level des Mannes ist in unserem Modell auf der rechten blauen Achse dargestellt (0 = sehr charmant, 5 = Dieter Bohlen-peinlich).

Sie sehen: Optimaler Zeitpunkt, eine potentielle Partnerin, einen potentiellen Partner anzusprechen ist ergo der Schnittpunkt der beiden Linien (A). Hier ist das Zielobjekt bereits genügend hübsch und gleichzeitig der Aktivist noch nicht so sehr betrunken, um vom Gegenüber als völlig zugedröhnt und peinlich wahrgenommen zu werden. Die weitaus grösste Herausforderung in diesem Modell dürfte allerdings sein, diesen optimalen Zeitpunkt (A) zu erkennen. Übung hilft.

So, das war es bereits mit unserem kleinen Exkurs. Im Grunde sollte sich die Evolution bei uns bedanken, da die Publikation dieser Erkenntnisse das Balzritual revolutionieren und damit de facto den Fortbestand der Menschheit sichern wird. Gerne geschehen. Wir wünschen viel Erfolg, auf Wiederlesen!

Attraktivitätskurve

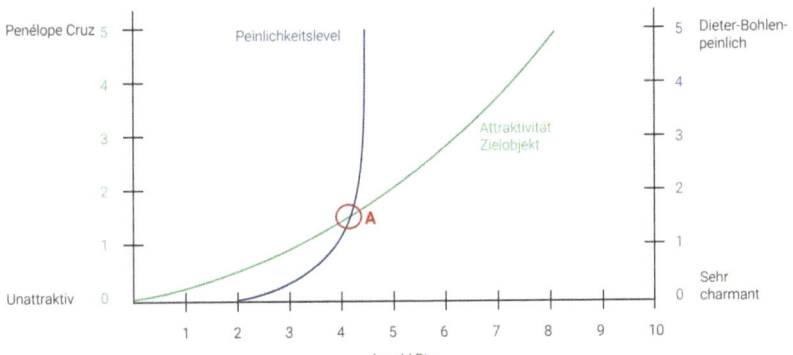

Der kleine Unterschied

Den Begriff Fanatismus in Diskussionen mit Verfechter*innen des Gendern in der deutschen Sprache einzubringen, das, liebe Leserin, lieber Leser, ist absolut daneben. Komplett undifferenziert: Fanatiker setzen sich nämlich für eine Sache ein, die für die meisten Menschen so nicht nachvollziehbar ist, lösen allgemeines Kopfschütteln aus, sind nicht Mehrheitsfähig. Sie gehören nicht zu den Guten. Kein Winnetou im Steppengras.

Gegen Gendern in der Sprache hingegen gibt es keine ernst zu nehmenden Argumente. Als wenn eine gute Fee erscheinen und uns eine heile Welt anbieten würde, und wir dann dankend ablehnen würden mit der Begründung, eine heile Welt wäre zu kompliziert («das Weltbild ist zu komplex, wir würden die Welt nicht mehr verstehen»). Man muss schon ziemlich sexistisch durchs Leben gehen, wenn man gegen eine Anpassung der Sprache ist, die alle Menschen inkludiert. Intolerant. Ein ignoranter Sprachnazi.

Darum, liebe Kämpfer*innen für das Gendern in der deutschen Sprache: Lasst Euch nicht beirren, lasst sie nur reden, die Skeptiker, auch die völlig verpeilten Möchtegern-Germanistiker, ihre scheinheiligen Worte werden im Nirwana verhallen, in der Duden-Galaxie verglühen. Ihr jedoch kämpft den gerechten Kampf, für die gute Sache, unbeirrt. Vielen lieben Dank dafür. Und viel Erfolg! (Sollte ich im obigen Text welche vergessen haben, hier noch ein paar Sterne: *************).

Liebe Cydia

Stellen Sie sich vor, liebe Leserin, lieber Leser, in Ihrem Garten stünde ein grosser, gesunder Apfelbaum, und an einem Samstagmorgen würden Sie Ihrem Nachbarn – vielleicht aus Dankbarkeit darüber, dass er um acht Uhr seinen Rasen gemäht hat – einen roten, reifen Apfel schenken. Direkt ab Baum. Ein schöner Gedanke.

Beisst nun Herr Stucki in den Apfel, zögert einen Moment lang, und ruft sodann über die Hecke «Da ist aber ein Wurm drin», dann ist schlagartig klar: Der hat keine Ahnung, der Herr Stucki, denn a) schaut man einem geschenkten Gaul nicht ins Maul, sprichwörtlich, also bitte sehr weiteressen, mit der Faust im Sack, und b) es ist eine Made im Apfel, genau gesagt eine Raupe, der Apfelwickler Cydia pomonella. Nix Wurm, ungelogen.

Im Zeichen einer nachhaltig guten Nachbarschaft darf man – um nicht zu sagen: muss man – seine Mitmenschen auf solche Wissenslücken im wunderbaren Reich der Biologie aufmerksam machen. Es hilft. Eine Raupe ist nun einmal kein Wurm, nein, ein Wurm würde niemals etwas so abscheuliches tun. Aus einem Wurm wird auch niemals – nicht einmal mit Hilfe von starken Chemikalien – ein Schmetterling entstehen. Und überhaupt: Wer schnell isst, der spürt den Cydia pomoirgendwas kaum. Ein Furz im Weltall.

Etwas anders gelagert ist die Situation natürlich, wenn Herr Stucki Vegetarier ist. Vegetarier sind ja die Schmetterlinge unter den Menschen, sozusagen. Dann nämlich wäre die Raupe ... – ach, wissen Sie, am besten planieren Sie den Garten und machen Parkplätze. Man kann ja auch das Asphalt grün bemalen, dann kommen je nachdem sogar ... – so, Schluss jetzt!

Wenn Finn stört

Pädagoginnen und Pädagogen bestätigen: Die grosse Herausforderung ist, eine Hochbegabung zu erkennen, in der Klasse. Die betreffenden Schüler wissen das ja häufig selber nicht, was wiederum die Frage aufwirft, wie hochbegabt jemand denn sein muss, um seine ... – na ja, Sie verstehen schon, kurzum: Pädagogen brauchen eine besondere Gabe, um einen hochbegabten Lernenden identifizieren zu können. Apathie oder so. Nicht selten sind Eltern die einzigen, die erkennen, dass ihr Kind hochbegabt ist, häufig sind Tests unzuverlässig.

In vielen Fällen, so hört man, sind die entsprechend begabten Schülerinnen und Schüler verhaltensauffällig. Sie stören den Unterricht, wollen nicht rechnen und schreiben, wollen partout nicht lernen, dass Altdorf die Hauptstadt des Kantons Uri ist oder Napoleon Polen überfallen hat oder so. Sie langweilen sich, sind unterfordert. Man spricht übrigens nicht mehr von «verhaltensauffällig», im Lehrerzimmer, sondern von «verhaltensoriginell», was je nach Perspektive ebenfalls als relativ originell eingestuft werden darf.

Je nachdem kann sich eine Hochbegabte, ein Hochbegabter sehr unbeliebt machen bei den Mitschülern, ganz unabhängig von der Störung (des Unterrichts). Selten aufpassen und trotzdem gute Noten einheimsen, das kommt meist nicht gut an. Ein Klassenfeind, sozusagen. Umso wichtiger ist darum, die ausserordentliche Begabung möglichst rasch zu erkennen, um entsprechende Massnahmen einzuleiten, durch sehr, sehr gut ausgebildete Experten (die mit dem roten Brillengestell), die sodann Wörter benutzen, in ihrem Expertenbericht, die ausschliesslich von Hochbegabten verstanden werden. Die Welt dankt.

Das betreffende Kind könnte zum Beispiel eine Klasse überspringen (also, jetzt nicht im Turnunterricht, sie verstehen) oder in eine Spezialschule wechseln, in der ausschliesslich Hochbegabte unterrichtet werden, von hoch-hochbegabten Lehrkräften (Jargon: Lehrer[2]). Die Ideen sind vielfältig. In der normalen Regelklasse könnte ein hochbegabtes Kind im Prinzip seinen Lehrer unterrichten. Und benoten. – Und bestrafen natürlich auch, wenn er nicht pariert. Isolation ist keine Lösung.

Manche Schülerinnen und Schüler jedoch haben nicht das Glück, dass die Welt jemals von ihrer Hochbegabung erfährt. Sie bleiben unerkannt, vom Umfeld unverstanden, werden später Politiker, Kleintiermetzger oder Polizist, was weiss ich. Manche arbeiten auch für den Nebelspalter, vielleicht.

Gefällt mir

«Schön ist, was gefällt». Wenn Sie, liebe Leserin, lieber Leser, diesen Satz in einer Diskussion mit Kunstkennern in die Runde werfen, dann wird das Weisse in den Augen der Gesprächspartner schlagartig rot, aus den Ohren steigt schwarzer Rauch auf, und eine Reihe an Lachsbrötchen – Millisekunden vorher noch in den Händen gefasster Experten – klatschen gleichzeitig auf dem frisch polierten Linoleumboden auf. Das geht nicht.

Das ist, als wenn Sie in der Autowerkstatt Ihres Vertrauens zum Mechaniker sagen würden «ein Auto ist im Grunde wie ein Fahrrad, nur mit Geräusch». So beendet man rasch Gespräche.

Zurück zur Kunst: Es gibt einen einfachen Trick, sich als Laie bei einer Unterhaltung über Kunst nicht bis auf die Knochen zu blamieren. Picken Sie einfach ein paar Fachbegriffe der einzelnen Teilnehmer heraus und wursteln Sie eine neue Aussage daraus zusammen. Es klappt. Auch das ist Kunst.

Heraus kommen Sätze wie «der Künstler schafft es phänomenal, von der subversiven Horizontalen in die latent aggressive Vertikale überzugehen», «das Werk widerspiegelt komplexe Einfachheit» oder «entschuldigen sie bitte, das alles hier wird mir zu blöd». Hilft immer, versprochen. Dabei muss man unbedingt einen ernsten Gesichtsausdruck annehmen. Als Kunstkenner gilt, wer über etwelche Werke etwas Kompliziertes sagen kann und dies dann selber auch glaubt. Wir leben in einer sehr schönen Welt.

Natürlich braucht es auch etwas Mut – um nicht zu sagen Dreistigkeit – obige Dinge zum Besten zu geben, doch ein Versuch lohnt sich allemal. Einfach nicht entmutigen lassen, und immer daran denken: Es ist noch kein Meister vom Himmel gefallen, auch Kunstexperten haben einmal klein angefangen und manches Lachsbrötchen auf den Boden klatschen gehört. Viel Erfolg!

Seemänner töten

Nehmen Sie für die Zigarette Feuer von einer Kerze, liebe Leserin, lieber Leser, so stirbt ein Seemann. So will es der Volksmund. Dieser Aberglaube führt uns zurück in eine Zeit, in der Matrosen als Nebenverdienst Streichhölzer fabrizieren mussten, um ihren Lebensunterhalt bestreiten zu können. Aberglaube ist übrigens ein zweitklassiger Glaube – glauben jedenfalls viele Leute – und der Volksmund ... – ach, wir sollten nicht allzu weit abschweifen.

Jedenfalls ist die Wissenschaft auch hier befähigt, selbstverständlich, die Korrelation zwischen «Feuer von der Kerze nehmen» (siehe grüne Linie in der Grafik) und «Minus 1 Seemann» (rote Linie) zu beweisen, dargestellt auf einer Zeitachse, die horizontaler nicht sein könnte.

Klar ersichtlich: Im achtzehnten Jahrhundert wurde relativ häufig Feuer von Kerzen genommen, was vermutlich mit den wilden Sechzigern im Zusammenhang steht (im achtzehnten Jahrhundert gab es natürlich auch Sechziger), siehe Punkt A. Auffällig ebenfalls, dass dies in die Zeit von Jack Sparrow fällt, der ja eigentlich Jonny Depp ist, im wirklichen Leben, und in «Pirates of the Caribbean» ... na ja, die Geschichte um Moby Dick spielt übrigens in einer ähnlichen, für Seebären äusserst gefährlichen Zeit.

Ab Beginn des zwanzigsten Jahrhunderts wurde das Feuerzeug populär, das ja unmöglich von Seemännern fabriziert werden kann, weshalb viele Raucherinnen und Raucher die Zigarette weder mit Zündhölzer noch mit einer Kerze entfachten. Die Folge: Ein an Tragik kaum zu überbietendes Massensterben unter Seemännern, siehe B.

Historiker mit einem Flair für Ökonomie behaupten zwar hartnäckig, der Rückgang an Bootsmännern sei auf eine zunehmende Automatisierung in der Welt der Schifffahrt zurückzuführen, doch eben: Glaube ist nicht Wissen. Eine Vielzahl an Matrosen mag auch ertrunken sein, aufgrund des bekanntlich immer höher steigenden Meeresspiegels. Ein schwieriges Thema, zugegeben.

Die Schlüsse aus der Studie sind relativ klar: Feuer von der Kerze nehmen ist nicht nur stillos, sondern auch äusserst unverantwortlich, um nicht zu sagen: Asozial. Matrosen hätten – im Nachhinein ist man immer schlauer – bei ihrem Nebenverdienst diversifizieren müssen, aus ökonomischer Sicht, zum Beispiel auf Sekundenkleber aus Lebertran, handgezogene Bienenwachs-Kerzen oder Bio-Jutetaschen (vielleicht aus Seemannsgarn?), um nicht vollständig von Streichhölzern abhängig ... – und ja, liebe Leserin, lieber Leser, das Wichtigste zum Schluss, werden Sie um Gottes Willen nicht Seemann, Streichhölzer hin oder her. – Ahoi!

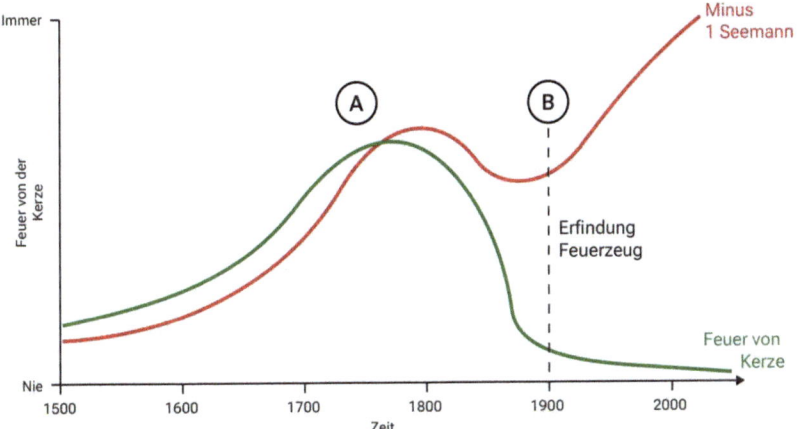

Aus dem Maschinenraum

Hätte die Titanic träumen können, damals, dann hätte sie von fernen Häfen, von weiten, unbekannten Gewässern und viel, viel Kohle geträumt, die in ihrem riesigen Bauch darauf wartet, von russgeschwärzten Männern in den Schlund der Öfen geschippt zu werden, zur Verdauung. Sie hätte nie geahnt, auch in ihren kühnsten Träumen nicht, dass sie von einem Eisberg aufgeschlitzt und in Rekordzeit für immer vom Meer verschlungen würde.

Edward John Smith, der Kapitän der Titanic, hatte Träume, bestimmt, im Gegensatz zu seinem Schiff, weil er ja keine Maschine war, sondern aus Fleisch und Blut, was in der heutigen Zeit wiederum nicht selbstverständlich ist, weil Dinge von Computern gesteuert werden, also auch Schiffe, er also, er träumte sicher nicht, dass sein Schiff und viele seiner Passagiere im Eismeer versinken würden, auf Nimmerwiedersehen. Und das Ganze noch verfilmt würde, zum Vergnügen der Kinobesucher, und ein Kassenschlager werden würde.

Doch der obige Punkt, der mit den Computern, die uns heute – nicht nur in der Schifffahrt – um die Gefahren herum navigieren, stimmt nachdenklich. Haben wir die Sicherheit, unser Leben, den Maschinen anvertraut? Werden sich die Maschinen eines Tages verselbständigen, wie in diesen dystopischen Filmen da, diesen Science-Fiction-Dingsbums, und uns in alle Eisberge der Meere lotsen, Piloten in Berggipfel, Autofahrer in «Biene Maja»-Verkehrspfosten und Fussgänger – auf ihr Smartphone starrend – in den nächsten Laternenpfahl? Na ja, darüber vielleicht ein anderes Mal.

Möbel kaufen

Sagt Emma zu Jan «Lass uns am Samstag einen Schrank kaufen gehen», so zuckt dieser zusammen: Wird die Beziehung das Wochenende überleben? Tatsächlich sind Möbelhäuser ein Biotop für Sozialstudien, ein Paradies für Realsatire und – gemessen am Unterhaltungswert – vergleichbar mit einem guten Krimi. Die Gründe hierfür wollen wir – unserer Pflicht bewusst – hier und jetzt analysieren.

Faktor Zeit spielt in unserem Modell eine nicht unwesentliche Rolle, da selbst Möbelkauf-Samstage nur 24 Stunden aufweisen: Den Zeitraum wollen wir in der Grafik auf der horizontalen Linie darstellen: 0 = Blitzbesuch «reingehen, kaufen, rausgehen» und 5 = Odyssee durch ein Dutzend Möbelhäuser unter körperlichen Abwehrreaktionen (Blutleere, geweitete Pupillen, lebensbedrohlich hohes Fieber).

Die Interessenlage der Frau wollen wir auf der linken, grünen Vertikalachse illustrieren: Sie hat sich gedanklich einen klaren Kriterienkatalog zusammengestellt, dessen Punkte abgehakt werden wollen. Bietet der Schrank genügend Platz für Blusen, Hosen, Unterwäsche, dreizehn Handtaschen und drei Kubikmeter Schuhe, werden die Türen der Hektik des Alltags standhalten, und – fast am Wichtigsten – ist er nur in Birke natur, Nuss, Buche, Esche graublau und Esche zartrosa erhältlich oder auch im viel schöneren Nussbaum weiss pigmentiert, das zu den Vorhängen passt? 0 steht für «wenig Kriterien» und 5 für «Kriterienkatalog im Umfang der Bauanleitung für eine Airbus A380». Während des Versuchs kann sich der Katalog natürlich ändern.

Gleichzeitig schütten die Hoden des Mannes Fluchthormone aus, und er beginnt, sich mit Fragen über den Sinn des Lebens zu befassen, was unter anderem dazu führt, dass seine Aufmerksamkeitsspanne mit fortschreitender Zeitdauer abnimmt bzw. sich der Fokus verschiebt. Ist er anfänglich bei der Beschaffenheit der Schranktüre und der Frage, ob das Spektrum des menschlichen Auges Esche graublau und Esche graugrün unterscheiden kann, verschiebt er sich zunehmend auf Dosenbier, die Sportschau und allenfalls den Hintern der Verkäuferin. Also, blaue Vertikalachse rechts, 0 = komatös und 5 = Superman-Konzentration.

Sie sehen: Aus empirischer Sicht lohnt sich ein Kauf in den ersten fünf Minuten mit einem überschaubaren Kriterienkatalog (A), während der Besuch mehrerer Möbelhäuser – und zuweilen sogar die Rückkehr in bereits gesehene Läden – in fast hundert Prozent der Fälle zu Konflikten führen (orange schraffierter Bereich). Scheidungsanwälte nicken. Rein statistisch gesehen zählen Schränke zu den Hauptgründen für das Leid in dieser Welt. Schreiner schweigen.

Frisch verliebte Paare, die ihre erste gemeinsame Wohnung einrichten, sind beim obigen Beispiel explizit ausgeschlossen. Sie sehen alles rosarot (selbst den Schrank in Esche graublau) und haben den Boden der Realität noch nicht erreicht. Junge Menschen werden die Schränke des Lebens noch genügend früh kennenlernen.

So, wir wünschen viel Spass in allen erdenklichen Einrichtungshäusern dieser Welt.

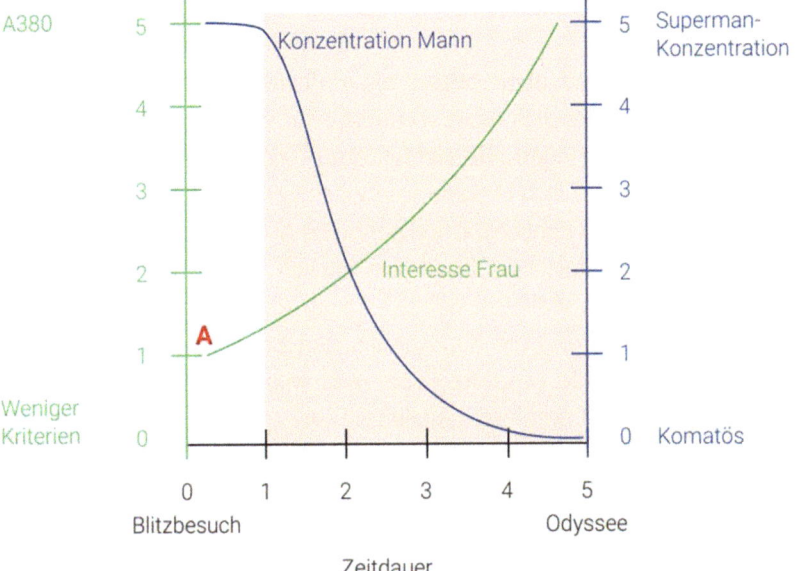

A380

5 ―― Konzentration Mann

4

3

2 ―― Interesse Frau

A

1

Weniger
Kriterien 0

5 ―― Superman-
Konzentration

4

3

2

1

0 Komatös

0 1 2 3 4 5

Blitzbesuch Odyssee

Zeitdauer

Heldentum*in

Superheldinnen sind eben besser als einfache Heldinnen, der Zusatz «super» kommt schliesslich nicht von ungefähr. Könnte ja jede kommen. Superheldinnen vollbringen ihre Heldentaten – oder besser: Heldinnentaten – sofort, während sich Heldinnen etwas mehr Zeit lassen (das heisst Prokastration oder so ähnlich). Die eigentliche Aktion ist dieselbe, nur der Zeitpunkt etwas später, was irgendwie logisch erscheint in Zeiten von «Work-Life-Balance». Vielleicht heisst es auch *Heldinnentatinnen*.

Ein Beispiel? Während die Superheldin den Bösewicht, der mit einem Dyson-Staubsauger die gesamte Erde vakuumieren will, umgehend mit dem Laserschwert (Energieeffizienzklasse: A) zu veganem Hackbraten verarbeitet und damit uns alle rettet, wartet die *einfache* Heldin zu, bis sie neben dutzenden von anderen Aufgaben – also ihrem eigentlichen Tagesgeschäft – einmal kurz Zeit findet, um den Widersacher zu besiegen, mit Dialektik. Bösewichte sind übrigens sehr, sehr häufig männlich. Toxisch. Wegen der Hormone.

Heldinnen sind ergo fast ebenso wichtig wie Superheldinnen, im Endeffekt. Beinahe vergessen hätten wir allerdings Frauen ohne jeglichen Heldenstatus. Was ist mit ihnen, fristen sie einem Dasein im Schatten jeglicher Supertaten anderer Frauen, tagein, tagaus, unbemerkt von der Gesellschaft, – ja, gar ohne Instagram-Account? Das, liebe Leserin, lieber Leser, hätte ich gerne für Sie recherchiert, doch darüber gibt es keine Informationen im Netz, niemand schreibt über diese Gruppe. Vermutlich gibt es sie gar nicht mehr, sondern nur noch Heldinnen und Superheldinnen. Eigentlich schade.

Verdampft

Titanium hat einen Schmelzpunkt von 1'668 Grad Celsius, da kann es schon einmal vorkommen, dass eine Nabe verglüht, bei einem Bremsmanöver. Radprofis erreichen bekanntlich Geschwindigkeiten von bis zu 450 km/h (bergab noch höhere, natürlich). Bei manchen Passabfahrten, das habe ich auf einem Sportkanal gesehen, gibt es neuralgische Kurven: Ein Sportler nach dem anderen kommt von der Strasse ab und verschwindet irgendwo im Gebüsch, im Nirwana der Tour de France sozusagen. Manche werden nie wieder gefunden (darum ist vermutlich das «gelbe Trikot» so begehrt). Es ist ein Phänomen, der Fahrer denkt sich kurz vor der Kurve Dinge wie «oh, mein Vordermann hat ich verbremst, dieser Radpumpen-Vergesser» oder «hat wohl gepennt im Physik-Unterricht, dieses Opfer» und tut es ihm Sekunden später gleich, in einem Anflug von Selbstüberschätzung. Lernkurven können Geraden sein.

Menschen, die Live-Übertragungen von Radrennen gucken sind in der Regel sehr, sehr interessante Gesprächspartner. Mit ihnen kann man über alles reden, vom Lenker bis zum Kranz. Kommen wir langsam zum Schluss: Als einzige valable Lösung bleiben wohl Naben aus Neptunium. Dieses schmilzt erst bei über 3000 Grad, da könnte der Profi bremsen bis ... – warten Sie, im Prinzip könnte das Gefälle dann sogar überhängend sein ... – Ach nein, das geht ja gar nicht, dann würde ja die Getränkeflasche aus dem Halter rutschen.

Goldene Fliesen

Mann 1:	Wie bitte, Handwerk hat einen goldenen Hoden?
Mann 2:	*Boden*, mein Freund, *Boden*!
1:	Was soll das denn bitte schön heissen?
2:	Man sagt das so, es ist eine Redewendung, eine Art ...
1:	... also, ein guter Freund von mir ist Fliesenleger, der hat noch kein einziges Mal etwas von goldenen Böden erzählt, noch nie!
2:	... man kann das nicht so wortwörtlich ...
1:	... ganz im Gegenteil. Er ist nun fünfundvierzig Jahre alt, und seine Knie sind total im Eimer, alle beide. Er wird sich umschulen lassen ...
2:	... jetzt hör mir doch einmal zu, Du hast das total falsch verstanden: Das Handwerk hat einen goldenen Boden, sprichwörtlich, im Volksmund, weil man sehr viel Geld damit verdienen kann. Jedenfalls war das früher so. Ob Dein Freund mit dem Verlegen von Fliesen reich geworden ist, das weiss ich doch nicht.
1:	Na, und wenn schon, jetzt hat er zwei kaputte Knie! Ein goldener Hoden wäre ihm wohl lieber ...
2:	... Ach, halt die Klappe!

Die Gepäckausgabe

Was kann es schöneres geben, als erholt und zufrieden aus dem wohlverdienten Urlaub zurückzukehren? – Genau: Erholt und zufrieden *mit seinem Gepäck* zurückzukehren.

Tatsächlich war das Hauptärgernis 2022 nicht der Ukrainekrieg, nicht die Energiekrise oder das Tränenmeer von Roger Federer, sondern die lange Wartezeit am «Baggage Claim» der Flughäfen dieser Welt, gerade bei einer geschätzten Anzahl von drei Quadrilliarden verlorenen Koffern pro Monat (die Dunkelziffer dürfte noch höher liegen, wobei Dunkelziffern ja irgendwie nie tiefer ... – egal).

Glasklar, dass der wohlgepriesene und oft zitierte Erholungswert der Ferien unter diesem Umstand leidet, was wir – die Pflicht ruft danach – selbstverständlich mit betroffenen Passagieren, namhaften Laienpsychologen und zwei Tanztherapeutinnen untersucht haben, wissenschaftlich.

Aber eins nach dem anderen: Auf der Horizontalachse der Grafik sehen wir die Wartezeit am Gepäckband, inklusive derjenigen Zeit, die der Gast – nach vergeblichem Hoffen – in der schier unendlich erscheinenden Schlange vor dem «Lost & Found»-Schalter verbringt.

Die linke Achse zeigt den Erholungswert unserer Ferien: In einer heilen Welt sind unsere «Batterien» nach den Ferien vollständig aufgeladen, entladen sich allerdings mit jedem Negativerlebnis (5 = Himmelhochjauchzend, 1 = depressiv wie nach einer Radarfalle am Rotlicht).

Nicht zu vernachlässigen in diesem Zusammenhang ist die Anzahl Male, die Sie im Flughafenbereich von anderen Subjekten angerempelt werden, denn

gemäss international etabliertem Standard sind unentschuldigte Rempler – siehe Vertikalachse rechts – und offenherziges Flatulieren bei der Gepäckausgabe offiziell erlaubt (um nicht zu sagen: erwünscht).

Was Sie sehen, dürfte überraschen: Ab nur einer halben Stunde Wartezeit am Gepäckband nimmt unser mühsam in den Ferien erarbeitete Erholungswert ab (siehe Punkt A bzw. grüne Linie), und nach mindestens zwei Stunden Beine in den Bauch stehen und zusätzlichen Remplern (blaue Linie) sinkt das Befinden der Studienteilnehmer auf das gleiche Niveau wie vor den Ferien, – also so tief, dass sie gar nicht erst in die Ferien hätten fliegen müssen (rot schraffierte Zone). Ja, dies ist in der Tat eine bahnbrechende Erkenntnis, die unser Bewusstsein für Flugreisen revolutionieren wird. Aviatik am Scheideweg. Einmal Rotlicht-Überfahren kostet übrigens 250 Franken (schweizweiter Discountpreis, trotz Föderalismus).

So, mit dieser Hiobsbotschaft wären wir bereits am Schluss dieses Beitrages angekommen. Was bleibt, ist die Erkenntnis, dass die fabelhafte Welt der Bahnreisen ganz ohne Gepäckausgaben auskommt, und dass das Gute so nah sein kann, auch bezogen auf den Urlaub.

Beim nächsten Mal wollen wir gemeinsam eruieren, wie man sich als Paar in den Ferien zu Hause genauso effektiv auf die Nerven gehen kann wie auf den Malediven. Wir wünschen gute Erholung, und bleiben Sie gesund!

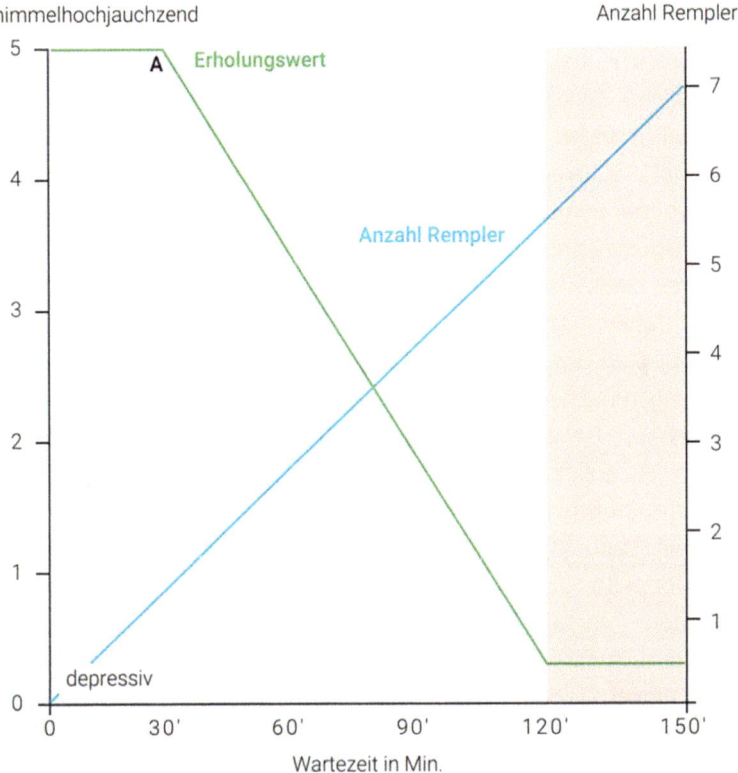

Über das Skifallen

Die Nachricht hat uns Skifreunde erfasst wie eine Lawine: Über sechzigtausend Wintersportlerinnen und Wintersportler bauen pro Jahr einen Unfall (manche auch einen Schneemann, aber darüber vielleicht ein anderes Mal). Schweizweit. Eine unglaubliche Zahl. Das ist, als würde jeder Einwohner von Lugano (sprich: Luganotte) verunglücken. Eine Stadt im Spital. Guarisci presto, aber subito. Espresso.

Das alles weiss die neueste Unfallstatistik des Bundesamtes fall um (BfU). Zahlen lügen nicht: Am liebsten brechen sich Leute kurz vor dem Mittagessen das Bein, neuerdings. Bis anhin sprach der eloquente Versicherungshengst immerzu von der legendären letzten Abfahrt, bei der die meisten ... – wie bitte? – Ja, es ist blöd, ich weiss, ganz früher überholten uns auf der Piste jeweils vor Schmerzen stöhnende Skifahrer, teils mit offenen Brüchen, die auf der zweitletzten Abfahrt verun ... – na ja, lassen wir das.

Also: Doppelte Vorsicht vor dem Mittagessen. Vor-Vorsicht. Den Gastronomen versalzt diese Erkenntnis natürlich gehörig die Gerstensuppe, zumal der alpine Goldesel nicht – wie es sich gehört – erst nach dem umsatzstarken Mittagessen ins Tal geflogen wird. Schade.

Ebenfalls wanken dürfte die weit verbreitete Volksweisheit, dass Unfälle hauptsächlich nach ausgiebigem Feiern in einer Schneebar passieren, unmittelbar nach einer unfreiwilligen, olympiareifen Slalom-Performance (also von nun an kein tendenziöses Lästern mehr in der Cafeteria über den verunglückten Bürokollegen).

Es heisst übrigens nicht mehr «Schneemann», um hier eine kleine Berichtigung einzuflechten, sondern «Schneemensch», politisch korrekt. Oder allenfalls «Schnee-Tittenmaus». Aber zurück auf die Piste.

Über 90 Prozent sind Selbstunfälle. Da staunt der Gipser. Viele verletzen sich am Knie, an der Schulter oder am Kopf. Manche schmieren sich auch heisses Skiwachs in die Augen. Im Reich der Knochenbrüche ist die Zerrung König. Experten empfehlen das Tragen eines Helmes, da der Kopf bekanntlich die schwächste Stelle ist, nicht nur bei Freunden des Wintersports (bitte Helm mit Visier zum Schutz gegen heisses Wachs).

Zum Schluss noch eine gute, versöhnliche Botschaft an die Skination: Beim Fussballspielen verletzten sich noch viel mehr Menschen als beim Wintersport. Allerdings erst nach dem Mittagessen, zum guten Glück.

Ahoi vom Hirn

Wenn Sie das Schiff verlassen, das grosse, und Festland betreten, oder eine Insel, meinetwegen, dann kann es Ihnen durchaus so vorkommen, als würde die Erde unter Ihren Füssen schaukeln, hin und her: Das Gehirn hat sich – unter Verwendung aller verfügbarer Ressourcen – perfekt auf das Schaukeln des Schiffes eingestellt, dass es nun glaubt ... – na ja, Sie wissen schon. Es muss umdenken.

Aber keine Sorge, kurz vor dem Boarding, also nach den unzähligen, wunderschönen Erlebnissen in der vor lauter Reiselustigen schier platzenden Hafenstadt, wird sich das Gehirn bereits umgewöhnt haben. – Um alsbald festzustellen, natürlich, dass die Neuronen von Neuem verrücktspielen, an Deck, ein bisschen, und es dem Passagier übel wird, doch – alles andere wäre ja eine Überraschung – ist das alles vorbei kurz vor Anlegen bei der nächsten Destination.

Das Gehirn des Touristen ist ergo immer zu fast hundert Prozent ausgelastet, dank der ständigen Umstellung. Es ist eine Frage der Kapazität. Kreuzfahrt-Touristen erkennt der routinierte Souvenirhändler denn auch am etwas leeren Blick und der Unfähigkeit, sich gegen den Kauf irgendeines in Fernost hergestelltes Massenproduktes zu entscheiden, das den Aufdruck der besuchten Stadt trägt. – Was allerdings auch positiv ist: Wie sonst sollte sich der Reisende, einmal zurück in den eigenen vier Wänden, an die vielen Städte erinnern können?

Schlau beim Bau

Sagt Ihnen der Sanitärinstallateur Ihres Vertrauens am Telefon «ich komme Dienstag zwischen 8 und 10 Uhr vorbei», dann bezieht sich diese Aussage selbstverständlich auf das Raum-Zeit-Kontinuum der entsprechenden Branche. Ärzte zum Beispiel beharren ja auch auf ihrem Jargon, und niemand beschwert sich. Es liegt am Kunden allein, ob er vom hohen Ross heruntersteigen und sich mit der Umrechnung abmühen will. Übersetzt in Kundendeutsch heisst das Obige «in der Woche 14 irgendwann zwischen Dienstag und Freitag» (Winterzeit: minus 1 Stunde).

Flucht der Elektriker «dieser Idiot von Gipser hat mir die Strombuchse zugepflastert», dann braucht dies den Bauherrn nicht im Geringsten zu beunruhigen. Denn der Maler hat dies mitgehört, wird das beim Pausenbrot nebenbei dem Fliesenleger mitteilen, der die Botschaft bei Gelegenheit dem verantwortlichen Architekten zurunzt. Dieser kriegt sodann einen roten Kopf und schimpft so laut, dass sich Teile des frischen Verputzes von den Wänden lösen, obwohl er natürlich selbst am besten weiss: Hochbauzeichner sind immer schuld. Meist sind zu diesem Zeitpunkt die Bewohner längst im Neubau eingezogen.

Legt der nette Mann, der in Ihrem Heim die Geschirrspülmaschine reparieren soll, die Stirn in tiefe Falten, dann ist dies ebenfalls ganz normal: Im ersten Lehrjahr exerzieren diese Menschen, wie man fachmännisch besorgt guckt und dann Dinge sagt wie «das Werkzeug hierfür habe ich nicht dabei» oder «dieses Teil müssen wir bestellen», was natürlich ebenfalls kein Grund zur Panik ist. In spätestens sieben Monaten wird er wieder aufkreuzen und den Apparat zum Laufen bringen. Wie neu. Wenn man das alles weiss, als Kunde, dann erspart man sich viel Sorgen und Ärger. Von Hand spülen und abtrocknen gilt übrigens als Beziehungsfördernd (sofern es nur die Frau macht).

Um kurz zurück zum Ärztejargon zu kommen: eine «Unguis incarnatus» klingt eventuell gravierend, in den Ohren des Betroffenen, ist jedoch ein simpler eingewachsener Zehennagel. Der Patient wird durchkommen. Ein bisschen Kamille-Umschläge und irgendwann zwischen Februar und Dezember ist das geheilt. – Es sei denn, ein Teil fehle.

Lange Autofahrten

Obschon die gesellschaftliche Akzeptanz des motorisierten Individualverkehrs merklich abnimmt, stetig, fährt selbst heute noch eine Vielzahl an Menschen mit dem Auto in die Ferien, vielleicht nach Italien, nach Frankreich oder sogar nach Spanien. Es liegen ja reichlich schöne Länder herum in Europa, die Auswahl ist immens.

Längere Reisen per Auto wollen natürlich möglichst geschickt geplant sein, und exakt hier kann die Wissenschaft mit fundierten Erkenntnissen Hand bieten. Ausgangslage unseres Beispiels ist eine Fahrt von Niederbipp nach Rimini. Die prognostizierte Zeitangabe von siebeneinhalb Stunden ist wohlgemerkt gegoogelt, also ohne Einberechnung etwelcher Staus, Kaffee- und Pinkelpausen und einer spontanen Rückkehr, weil Papa kurz vor der Gotthardröhre feststellt, dass seine Herztabletten den Weg ins Necessaire nicht gefunden haben. Oder sich die ID von Maximilian auf dem Küchentisch sonnt.

In Szenario A – siehe orange in der Illustration – beginnt die Reise morgens um zwei Uhr, weil das Verkehrsaufkommen nachts nicht so hoch ist, und wir «dann um 12 Uhr die erste Frutti di Mare im Casa da Giovanni» essen können. Der verantwortungsbewusste Pilot schaltet allerdings häufig Kaffeepausen ein, der Müdigkeit wegen. Schliesslich hat man am Vorabend «mit den Jungs» noch ein bisschen gefeiert, und niemand will ja in einen Sekundenschlaf verfallen. Gut zu erkennen in der Illustration: Wir arbeiten mit den Kriterien «Fahrzeit», «Sicherheit», «Stress» und «Harndrang», die je Szenario mit einem Wert versehen werden.

Wartet der Ferienfreund bis Tagesanbruch mit seiner Reise, so steht er relativ rasch in relativ intensiven Staus, was natürlich – siehe blaues Szenario B in der Grafik – zu Zeitverlust führt. Und zu Stress. Dennoch muss dann und wann eine Biopause eingelegt werden, so alle zwei Stunden (ergo umgerechnet zirka alle dreissig Kilometer). Sechzig Sekundenschlafe ergeben übrigens einen Minutenschl ... – na ja, das ist ja hinlänglich bekannt.

Weitaus schlauer erscheint uns Szenario C in Grün: Eine einzige sehr lange Pause ermöglicht ausgiebiges Pinkeln, trinken von himmeltraurigem Raststätten-Kaffee, herunterwürgen von mit Gold aufgewogenen, furztrockenen Chicken Nuggets und sich darüber aufregen, dass auch die Augentropfen nicht mitgefahren sind. Und sinnieren darüber, warum in aller Welt man in der Hauptsaison mit dem Auto nach Italien fährt. Diese Strategie sieht keine weiteren Toilettenbesuche ausserhalb der grossen Pause vor (bitte Becher mitführen).

Kommen wir zum Schluss: Effizienz ist auch in den Ferien das Mass aller Dinge, wer häufig oder lange pausiert, ist vollkommen ungenügend organisiert und im eigentlichen Sinne ein Versager. Und der Vollidiot direkt vor mir soll endlich die Spur freigeben.

Mit der Bahn benötigen Sie übrigens ebenfalls etwa siebeneinhalb Stunden. Aber da gibt es halt keinen Stau. Und keine Chicken Nuggets. Schöne Ferien, bis zum nächsten Mal.

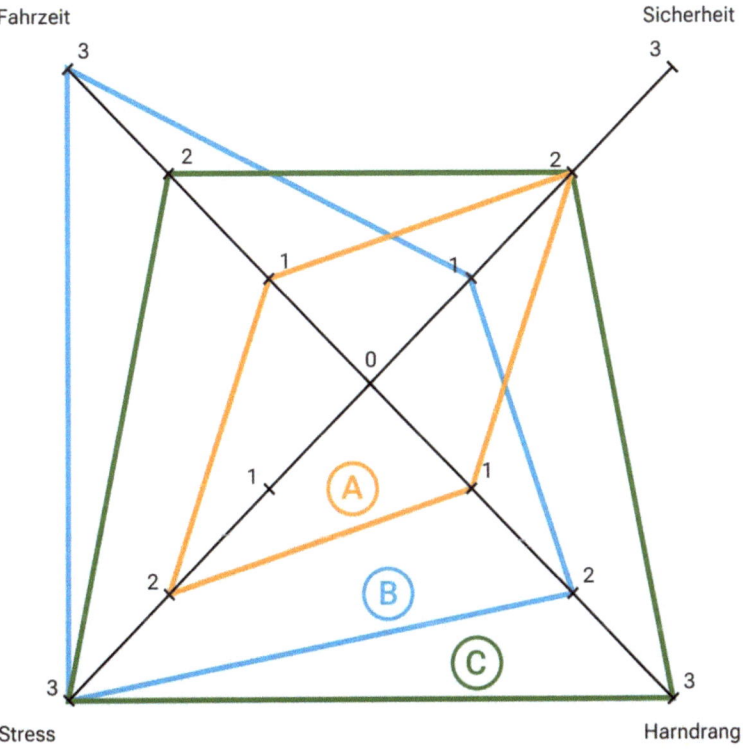

Alles bleibt besser

Geht es ums Thema «naturbelassen», dann denken viele Männer an Brüste. Ist so (na ja, selbst wenn es nicht um dieses Thema geht, denken viele Männer ... – okay, lassen wir das). Und vor den imaginären Augen aller Freunde gepflegter TV-Serien stürzt sich Pamela Anderson an einem Sandstrand in Malibu in die Fluten und rettet ein paar dänische Sprachstudentinnen vor einem Hai. Oder vor einem Schwarm verirrter Quallen, oder einem schizophrenen Seelöwen? – Wir wissen es nicht, unsere Augen waren ja ... – egal.

Eine Zeit lang war Silikon fast omnipräsent in den Medien, total trendy, weil sich viele Promis ihre Brüste operieren liessen (Jargon: die Hupen machen lassen). Auch Frauen. Man las von geplatzten Implantaten, verschwiegenen Risiken, vertuschten Kunstfehlern. Jemand war entweder pro oder contra Implantat, Brüste spalteten die Gesellschaft, sozusagen, waren das Corona des Jahrzehnts. Frauen, die naturbelassen bleiben wollten, dem vermeintlichen Schönheitsideal nicht nacheifern wollten, mussten sich fast dafür rechtfertigen.

Heute ist das anders, zum guten Glück, da haben wir viel erreicht. Es besteht keinerlei gesellschaftlicher Druck mehr für Schönheits-Operationen, jede und jeder wird so akzeptiert, wie er oder sie von Natur aus eben ist. Keine roten Köpfe mehr in der Umkleide des Tennisklubs. – Nein, Spass beiseite, das stimmt natürlich nicht ganz. Es hat sich aber schon einiges positiv entwickelt. Die Implantate zum Beispiel sind besser geworden.

Wenn einer eine Reise tut

Ein bisschen prahlen beim Thema Reisen liegt immer drin, vielleicht beim Small Talk im Weinkurs der Migros Klubschule, am Grillabend mit Nachbarn oder am Weihnachtsessen mit Bürokollegen. Allerdings sollte der hell strahlende Kosmopolit Destinationen erwähnen, die jeder kennt: New York, London, Los Angeles ... Metropolen halt. Klingt einfach geil, wenn man sich beiläufig sagen hört: «da war ich auch schon mal, die Burger im *Napkin* sind fantastisch».

Im Umkehrschluss gibt es für Freunde der Koketterie auch Orte, die entweder zu meiden sind oder dann bitte schön nicht erwähnt werden sollten. Sagen Sie zum Beispiel «letzten Sommer war ich in Tschernobyl» (übrigens bis vor kurzem eine beliebte Destination aufgrund irgendeiner TV-Serie, die davon handelt), dann kann das schon unterschiedliche Reaktionen auslösen; Nicht alle werden strahlen. Auch Reiseziele wie Nordkorea, Syrien, Belarus oder Basel können polarisieren.

Bei weit entfernten Zielen, die praktisch nur per Flugzeug erreichbar sind, sollte man nach Möglichkeit immer anfügen, dass dies vor langer Zeit war, – lange vor dem Bewusstsein, dass Fliegen das Klima erwärmt und uns alle umbringt. Nobelorte wie Zermatt oder St. Moritz suggerieren einerseits einen gewissen Wohlstand und gleichzeitig Verantwortungsbewusstsein, weil gut per Bahn erreichbar. Doppelt gemoppelt.

Die eindrücklichste Antwort übrigens, wenn jemand von seinen Ferien erzählt und Sie fragt, ob Sie da schon einmal waren, ist zweifelsohne: «Ich war schon überall». Das sitzt. Klappt immer. Gute Reise!

Füsilier zum Glück

Es gibt ja verschiedene Disziplinen im Militär: Der eine ist Panzerfahrer, vielleicht, der andere Füsilier und der ... – wie bitte, auch Soldat*innen*? – Ja, dann halt Panzerfahrerin, meinetwegen, mir doch egal, so lange sie nicht seitwärts einparkt. Dieses Gendern geht mir langsam auf die Eier, und Sexismus in der Armee, meine Lieben, das ist vorwiegend eine Erfindung derjenigen, die niemals Dienst geleistet haben. Hippies, Sozis, Warmduscher.

Na ja, jedenfalls werden an der sogenannten Musterung die Aufgaben verteilt, je nach Eignung des Kandidaten, der Kandidatin. Ist jemand sehr sportlich, dann wird er vielleicht Grenadier, wer ständig am Smart Phone hängt, wird vielleicht eher Übermittler und so weiter.

Das Ganze ist dann auch ziemlich identitätsstiftend. Ein Kampfpilot zum Beispiel mag es ganz und gar nicht, wenn man ihn für einen Füsilier hält. Die beiden Stilrichtungen trennen Welten, ein Füsilier kann ja nicht einmal einen Looping machen (jedenfalls nicht freiwillig).

Daher ist es wichtig, dass sich der Kandidat, die Kandidatin bei der Musterung viel Mühe gibt, was die Chancen steigert, anschliessend in diejenige Gruppe eingeteilt zu werden, bei der man mitmachen möchte, für die man sich eben am besten eignet. – Ganz im Gegensatz zu der Regierung, die ja ohne Musterung zusammengestellt wird, und im Endeffekt sodann bestimmt, wie die Armee eingesetzt wird.

Und genau dies scheint mir ein geeigneter Zeitpunkt zu sein, den vorliegenden Text zu beenden.

Das Kuchendiagramm

Eine unserer Paradedisziplinen ist bekanntlich das kritische Hinterfragen von Statistiken – und damit einhergehend: Von Grafiken, mit denen ebendiese illustriert werden. Lassen Sie uns heute das heiss geliebte Kuchendiagramm und die damit auftretenden Herausforderungen besprechen.

Üblicherweise stellt das Diagramm die Aufteilung einer bestimmten Menge in verschiedene Rubriken dar: 2023 sind 20% der Ausgaben des Staates Tiki-Taka für Strassenbau budgetiert, 10% für Bildung und so weiter, siehe bitte Illustration. Ein Teil ist auch für die Verwaltung bestimmt, denn jemand muss uns ja die Zahlen liefern, damit wir ein Kuchendia ... – gut, ich höre auf, denn dies ist eine andere Geschichte.

Ist ein Budget-Entwurf erstellt, so entbrennen in den allermeisten Fällen hart geführte Diskussionen: Der Lehrerverband hebt die Hand und sagt «10% für Bildung, das ist ein schlechter Witz», worauf das das Tiki-Taka Verteidigungsministerium seine 30% vom Kuchen verteidigt, verbal, zum Glück, was natürlich das Amt für Strassenverkehr ... – ein Dilemma jagt das andere. So ist Politik, das Leben ist kein Vermicelle.

Der Kuchen wird also neu aufgeteilt, und spätestens ab diesem Zeitpunkt sollte die Fachwelt von einem Kreisdiagramm sprechen, per Dekret, denn Menschen, die nach der Neuverteilung immer noch von Kuchen sprechen, haben in ihrem Leben vermutlich noch nie einen solchen zerteilt, an einem Kindergeburtstag beispielsweise. Wenn Leonie nach der Aufteilung ein grösseres und Karla ein ... – irgendwann mutiert der Schoko-Cake zu Paniermehl. Ein Krümelmeer.

Was tun? Der Klassiker ist unbestritten Situation A in der Illustration: Der eine Budgetposten wird mit mehr Geld bespasst, weshalb der andere ... siehe rot schraffierter Bereich – doch warten Sie einen Moment, liebe Leserin, lieber Leser, warum nicht kreativ denken, out of the Box sozusagen, und den Kuchen einfach ein bisschen vergrössern? Das kann doch nicht so schwierig sein, siehe Situation B, grün schraffiert: Leonie kriegt mehr Glasur für Militär, während alle anderen Kinderlein gleichzeitig nichts von ihrem Stück abgeben müssen. – Voilà. Wie die Mutter von Jamie, ihres Zeichens Organisatorin der Party, dies bewerkstelligen sollte, ist doch nicht unser Problem, Gott im Himmel, improvisiert doch ein bisschen!

Bezüglich der oben erwähnten Fragestellung sei angefügt, dass nicht überall auf der Welt mit gleicher Intensität über den Kuchen diskutiert wird. In China zum Beispiel brillieren die Volksvertreter mit einem impliziten Einverständnis. Apropos ferne Länder: Sie haben es vermutlich bemerkt, *Tiki-Taka* ist gar kein Land, in Wirklichkeit, der Begriff stammt aus dem Fussball (und das Land aus Pippi Langstrumpf heisst *Taka-Tuka*, aber das ist maximal piepegal für unser obiges Beispiel).

Um langsam zum Schluss zu kommen: Zeigen Sie Improvisationsvermögen in finanziellen Belangen, sei es nun im Staats- oder im privaten Haushalt.

Und ja, denken Sie bitte über den Kauf eines zweiten Backofens nach.

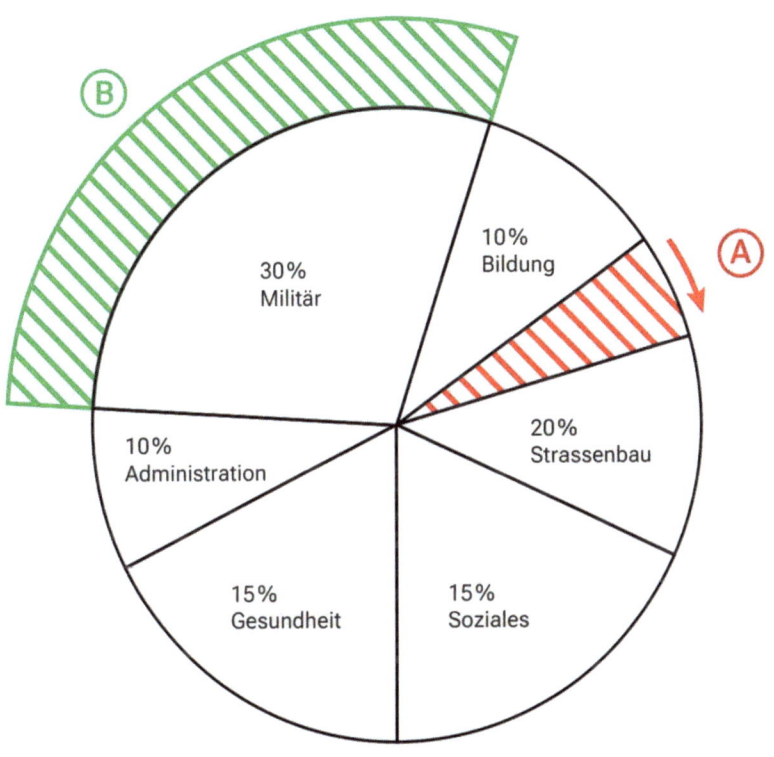

30% Militär

10% Bildung

20% Strassenbau

15% Soziales

15% Gesundheit

10% Administration

A

B

Der Morgenzug

Pendler wissen alles: An welcher Stelle des Bahnsteigs ihr Waggon stoppt, mit *ihrer* Türe, exakt, damit sie sich auf *ihren* Platz setzen können, gegenüber desjenigen Mannes, der bereits in Olten zugestiegen ist. Mit Oberlippenbart. Sie wissen, dass der Herr mit dem braunen Aktenkoffer schräg gegenüber die «NZZ» liest, als erstes den Wirtschaftsteil, dazu einen in Herzogenbuchsee gekauften Kaffee trinkt und ein Gipfeli auf dem Sitz verstreut, teilweise. Das Abteil riecht nach Espresso und Parfüm von Jean Paul Gaultier.

Die Routine ist die Königin des kleinen Mannes. Soll sich bloss kein Fremder in diesen Zug verirren, frühmorgens, einer, der die Regeln nicht kennt, das riesige Buch der ungeschriebenen Gesetze, womöglich sogar ein Tourist, der beim Einsteigen ständig auf sein Billett guckt und blöd im Weg herumsteht.

Und diese Koffer! Manche überlegen sich von Bellinzona bis Arth-Goldau, wohin Lisa nun ihren fünf Kubikmeter grossen Koffer für das verlängerte Wochenende verstauen sollte, während sich im Gang die Menschen ihre Beine in den Bauch stehen (ja, auch in der Bahn gibt es Stau). Tetris für Fortgeschrittene.

Manche sprechen dann im Zug, morgens um sieben, meist kleine Gruppen, die den Reiseplan auf den Pilatus nochmals durchexerzieren wollen, damit auch Annerösli checkt, dass man in Luzern umsteigen muss. Perron 5. Nicht selten steigen sie in Olten zu, und sie setzen sich auf einen Platz, der anderen gehört, angestammten, hartgesottenen, leidgeplagten Pendlern. Irgendwo hört der Spass auf. Meist in der 2. Klasse. Fast achtzig Prozent der Reisen beginnen in Olten.

Profi-Pendler hingegen dösen im Morgenzug, schweigen, lesen eine Gratiszeitung, oder sie starren in ein leuchtendes Gerät. Sie wissen: Der Zug wird um exakt 6.54 Uhr in Zürich eintreffen. Oder in Bern. Sie kennen die genaue Abfolge der Tätigkeiten nach dem Aussteigen im Schlaf, den Gang zum Kiosk, das Warten auf den Bus, einfach alles. Und wenn der Pendler während seiner Morgenroutine feststellt, dass er etwas nicht weiss, dann kann er sich zu hundert Prozent sicher sein: Bald wird er es wissen. Denn Pendler wissen alles, früher oder später.

Über Angebot, Nachfrage und Tennis

Service Public ist im Grunde, wenn das staatliche Fernsehen auch Sendungen ins Programm nimmt, die keine Einzelperson interessieren, die jedoch offenbar im Interesse der Allgemeinheit sind. Der Gesellschaft. Tennis zum Beispiel. Oder Teletubbies (der kulturelle Zenit wäre wohl «Teletubbies-Tennis»). Jedenfalls Formate, die ein Privatsender – der ja eher auf Einschaltquoten fokussiert ist – nicht unbedingt ... – wie bitte?

Ach, Tennis ist ein allgemeines Interesse? Ja, gut, im Tennis geht es hin und her, ähnlich wie bei der Politsendung «Arena», nur, dass Tennisspieler nicht foulen können, leider. Selbst Roger Federer nicht. Und wer behauptet, Fussball oder allenfalls Eishockey seien ja ebenso stupide wie Tennis, der ... – ach, kommen Sie, diese Diskussion können wir uns sparen. Tennis wird ja mit gelben Bällen gespielt! – Gelb!

Um ein bisschen auf das eigentliche Thema zurückzukommen: Service Public heisst eben auch, dass zum Beispiel «Sternstunde Philosophie» in die warme Stube flimmert, eine Sendung auf SRF, die nur diejenigen Intellektuellen verstehen, die sich an Apéros immerzu sagen hören «ich habe keinen Fernseher». Damit wären wir bei der eigentlichen Kernfrage angelangt: Schafft das Angebot eine Nachfrage, oder sollte es eher andersrum sein?

Wahrlich eine kontroverse Frage, die so leicht nicht beantwortet werden kann. Ausser natürlich bei Tennis.

Not gegen Elend

Viele Menschen sind der Meinung, man müsse in der Schweiz mehr Elektrizität aus Wasserkraft produzieren. Zum Beispiel – behaupten zumindest Ingenieure, Energieexperten, grüne Politiker, Poseidon und Seekrebse – lässt sich relativ einfach eine Staumauer errichten und ... – ja, den Rest kennen Sie ja. Nachhaltige Energie halt. Naturstrom.

Manche sagen dann auch, wenn sie von solchen Plänen hören, dass in demjenigen Tal, das durch den entstehenden Stausee überschwemmt würde, der gemeine Unterengadiner Hirschhohrückenpockenkäfer lebe, dessen Population immer kleiner werde, weltweit und im Wallis, Strom hin oder her. Oder, dass im betreffenden Tal noch Dörfer stünden, mit richtigen Einwohnern. Man müsste an der Tür klingeln. Nicht jeder traut sich das.

Ja, es gibt viele Argumente gegen Wasserkraft, von Bedenken zum Ortsbild über Naturschutz bis zu Kosten und Ängsten (Jargon: Turbinophobie). Staudämme können ja auch – das habe ich im Kinofilm «Die Flut bricht los» von Earl Bellamy mit eigenen Augen gesehen – auseinanderbrechen und ganze Orte überschwemmen (leider meist die falschen).

Da ist Atomenergie schon sicherer. Oder Windenergie. – Wobei, warten Sie: Windräder könnten die letzten gemeinen Unterengadiner Hirschhohr ... – gut, Schluss jetzt.

Wir sind die Besten

Langjährige Bestrebungen, fachmännisch ausgeführter Fangewalt zu einer gewissen Salonfähigkeit zu verhelfen, sind bis anhin kläglich gescheitert. Völlig zu Unrecht: Warum sollte ein Fan des FC Zürich, beispielsweise, seinem Kontrahenten des FC Basel nicht kräftig auf die Fresse hauen dürfen? Irgendwie sollte man seine Überzeugung doch transportieren dürfen, kommunikativ, notfalls mit Schlägen. Die Fäuste sprechen lassen.

Ein gerne verschwiegener Vorteil von Gewalt ist ja deren Wirksamkeit. Lauthals einen Fangesang für das eigene Team skandieren hinterlässt nun einmal nicht den gleich starken Eindruck wie ein gezielter Fausthieb aufs Auge. Der Empfänger des «Denkanstosses» wird sagen: «ah, stimmt, der hat recht, die andere Mannschaft ist wirklich besser, ich sollte Fan der anderen Mannschaft werden». Sowohl der FC Zürich als auch der FC Basel haben übrigens – um das obige Beispiel mit dem Auge nochmals zu bemühen – die Farbe Blau im Vereinswappen. Ein Schelm, wer hier von Zufall spricht.

Im Fussball von Fanatismus zu sprechen ist natürlich etwas zu weit gegriffen, zugegeben. Es ist ja ein Sport, ein Vergnügen, Unterhaltung. Ein Anhänger im Zuschauersektor der Young Boys Bern kann ja auch dann jubeln, frenetisch, wenn ein Stürmer des FC St. Gallen ein schönes Tor schiesst, beispielsweise. Schliesslich ist man des Fussballs wegen im Stadion. Blutflecken auf einem gelben Trikot kriegt man übrigens fast nicht mehr raus. Salz hilft.

Also, verwechseln wir bitte nicht Vereinstreue mit Fanatismus. Der vereinstreue Fussballfreund lässt sehr wohl anderen Meinungen Platz, – solange seine Mannschaft in Führung liegt. Fanatismus ist etwas komplett anderes. Mehr darüber gerne nach meinem nächsten Stadionbesuch. – Falls ich dann noch lebe.

Intelligenz von Haustieren

Es wäre vermessen – um nicht zu sagen: arrogant – zu behaupten, die Intelligenz des Haustierbesitzers, der Haustierbesitzerin habe keinerlei Einfluss auf das Verhalten der Tiere. Die Wissenschaft schreit geradezu nach einer Studie hierzu, deren Resultate wir Ihnen auf keinen Fall vorenthalten wollen. Wir haben den Schrei gehört.

Auf der linken Vertikalachse sehen wir eine Skala, die den Intelligenz-Quotienten des Besitzers darstellen soll. Sie mögen verzeihen, im Folgenden wählen wir nur die männliche Form (nicht etwa der Einfachheit halber, sondern weil der Studienleiter ein übler Sexist ist). Also, 160 Punkte für «Einstein» und … na ja, diese Tests kann sich jeder im Internet zusammenbasteln, seriös. Die Intelligenz des Herrchens ist mit einer schwarzen Linie illustriert und nimmt in der Regel zu während des Zusammenlebens zu, siehe horizontale Zeitachse (vermutlich aufgrund der legendären Altersweisheit).

Weit interessanter scheint die Vertikalachse rechts zu sein: Hier sehen Sie den Quotienten des Tiers, umgerechnet mit einer sehr, sehr komplizierten Formel, deren Erklärung den hiesigen Rahmen mit Sicherheit sprengen würde (eines dürfen wir verraten: Nur bei einem klitzekleinen Kommafehler wird das Tier um bis zu 230% intelligenter als der Mensch). Dabei nehmen wir blau für den Hund, grün für die Katze und – klar – orange für den Goldfisch.

Zoologen horchen auf: Während die Hirnkapazität des Hundes eines überdurchschnittlich intelligenten Herrchens (Akademiker, Tesla-Fahrer, Tagi-Leser) extrem zunimmt, bleibt jene der gemeinen Hauskatze stabil, nahezu unbeeinflusst vom Grips des Besitzers. Der rot schraffierte Bereich (A) zeigt denn auch die Situation, in der die Katze – ins Tierreich umgerechnet – intelligenter ist als … – na ja, das sehen Sie ja selbst. In der Schweiz leben übrigens zirka 1.7 Millionen Katzen, die lediglich einer halben Million Hunden gegenüberstehen (also, bildlich gesprochen, Sie verstehen).

Da staunt Fifi, und Rex wundert sich. Was bleibt, sind kopfschüttelnde Tierexperten, genervte Katzenfreunde – und natürlich der Goldfisch: Er blüht auf bei – Sie mögen die Wortwahl verzeihen: strunzdummen Besitzern und lässt während der Zeit des Zusammenlebens (in der sein Besitzer bekanntlich intelligenter wird) extrem nach. Während sich der schlaue Aquariumfreund über die ausgeprägte Langweiligkeit seines orangen Freundes fragt, ist der bei der Hirnverteilung weniger glückliche immer wieder erstaunt darüber, wie der Kaltblüter Kreise dreht. Glup, glup. Während der Studie wurden Fische beobachtet, die Buchstaben schwimmen können, übrigens (und Katzen, die ihren Namen tanzen).

Schnurstracks zum Fazit: Beobachten Sie das Verhalten ihres Haustieres genau, dies wird bessere Rückschlüsse zulassen über Ihre eigene Intelligenz als diese saublöden Tests im Netz. Bei einem nicht zufriedenstellenden Ergebnis kann die Kreatur ja immer noch ins Tierheim gebracht werden. Oder eingeschläfert.

Ich weiss, wovon ich spreche: Mein Goldfisch kann ganze Textpassagen vorschwimmen, in Deutsch, Spanisch und Latein (allerdings mit üblen Orthographiefehlern). Auf Wiederlesen.

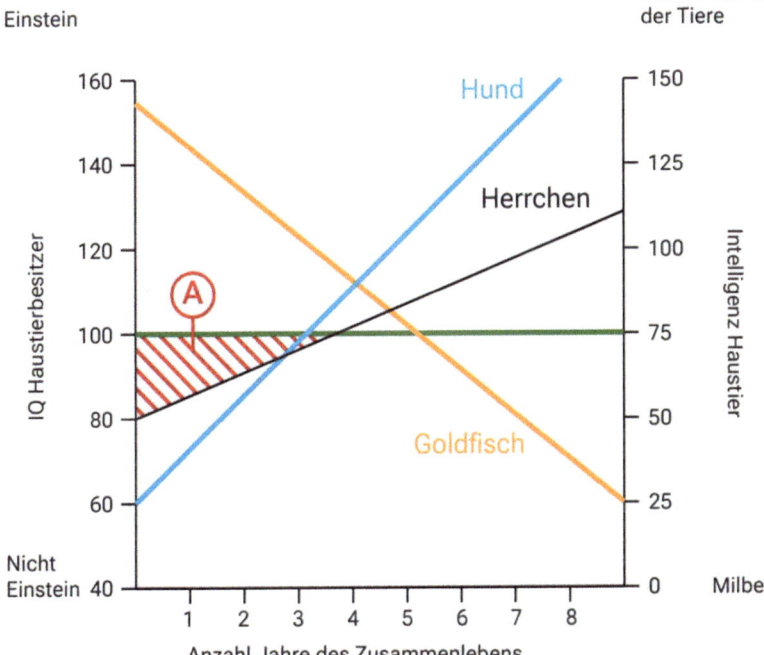

Superheld*innen

Superheldinnen evakuieren Psychologiestudenten aus brennenden Hochhäusern, stoppen in letzter Sekunde ausser Kontrolle geratene U-Bahn-Züge, kitten spröde Staudämme kurz vor einer Flutkatastrophe und schmeissen ganz Nebenbei den Haushalt, bringen Fünflinge durch und retten die Pottwale. Und arbeiten im Management einer grossen internationalen Versicherungsgesellschaft, natürlich. Hundertzwanzig Prozent Pensum (ohne Überzeit).

Einmal täglich ruft der Mann an, meist im dümmsten Moment, etwa wenn klein Leon zum Bersten vollgeschissene Windeln hat und der «Kärcher» bereits angeworfen ist, und redet etwas von sehr wichtigen Meetings, einem Kaffeefleck auf seinem Hemd, der anstehenden Altpapiersammlung oder von Hedge Fonds. Superheldinnen nehmen Anrufe immer entgegen, sie hassen die Combox. Macherinnen erledigen Dinge sofort, denn die Welt muss sich weiterdrehen.

In nahezu hundert Prozent der Fälle sind sie mit Männern verheiratet, die tagsüber bei der örtlichen Gemeindeverwaltung Formulare sortieren, oder beim Bund, die auf dem Mobiltelefon einen Reminder setzen für den Muttertag, sich nach jeder Mahlzeit die Zähne putzen (wichtig: Kreisbewegungen!) und Tickets für das «Coldplay»-Konzert kaufen. Sitzplätze.

Also alles in allem ein Gegenentwurf zum Heldentum, würden Schelme sagen. Die Rollen sind im Grunde ganz ähnlich verteilt, wie sie es über Jahrzehnte hinweg umgekehrt waren: Eine Person im Rampenlicht und die andere ... – aber eben, Superheldinnen reden nicht ständig über ihre Taten. Sie machen einfach. Basta. Danke schön.

Auf den Bus warten

Wer kennt es nicht: Sie warten auf den Bus, und dieser Bus, dieser elende, der will und will einfach nicht kommen, ein Umstand, der insbesondere bei arktischen Temperaturen und Nieselregen zu beobachten ist. Oder bei Querhagel.

Was tun? Sonnenklar, dass der leidgeprüfte Fahrgast zur Jackentasche greift und seine Zigaretten hervorkramt. Exakt hier beginnt unsere fundierte Studie, denn entgegen bisheriger Erkenntnisse vermag das Anzünden einer Zigarette sehr wohl eine statistisch relevante Verschiebung des Raum-Zeit-Kontinuums herbeizuführen, da können wir noch so laut lachen, kopfschüttelnd. Lassen Sie uns zur Übungsanleitung schreiten.

Auf der Horizontalachse sehen wir – natürlich – die Zeit aufgezeichnet, die an der besagten Busstation verstreicht, von der Ankunft des Versuchsobjektes her gemessen. Die meisten Menschen befassen sich in dieser Phase mit einem kleinen Computer, ohne dessen Berieselung sie unbestätigten Gerüchten zufolge unmittelbar ins Koma fallen würden, doch darüber ein anderes Mal, vielleicht.

Die Vertikalachse zeigt uns die Wahrscheinlichkeit, mit der unser Bus eintreffen wird, also 6 für «sehr hoch» und 0 für «am niemalsten», wobei Sie in blau die normalen Umstände sehen, ganz ohne Beeinflussung etwelcher Zeitachsen (Szenario A). Sobald sich jedoch der *Warter* – um hier ein bisschen Pendler-Jargon einzuflechten – eine Zigarette anzündet, tritt Szenario B in Kraft, illustriert mit einer grünen Linie (Messbeginn: Zeitpunkt, an dem die Flamme des Feuerzeuges die Zigarette berührt).

Für die Wissenschaft sehr überraschend in diesem Zusammenhang ist die Einflussnahme von – nennen wir ihn: Herr Meierhans. Sie wissen schon, unser nette Nachbar, der sich mit Vorliebe neben einen stellt und morgens um halb sieben immer (sehr immer!) extrem offen für einen Schwatz ist, vollkommen unbeeindruckt von eigenen Wiederholungen und Anekdoten ohne jegliche Pointen. Pendlerpech.

Klar zu erkennen: Unmittelbar nach dem Anzünden ... – eben, das sehen wir ja alle. Tritt allerdings das Meierhans-Phänomen auf (Punkt X), so nimmt die Wahrscheinlichkeit eines schnellen Eintreffens unseres Busses merkbar ab, siehe orange Linie Szenario C. Es ist faszinierend.

Das Fazit der Studie fällt denn auch relativ eindeutig aus: Beginnen Sie, falls nicht bereits geschehen, am besten heute noch erfolgreich mit dem Rauchen, bis zur Pensionierung werden Sie kumuliert zirka drei Monate Wartezeit einsparen. Und zweitens: Nehmen Sie um Himmels Willen einen anderen Bus als Herr Meierhans.

So, das war's bereits. Das nächste Mal evaluieren wir, um wieviel früher Ihr Bus am Zielort ankommen würde ohne Rauchverbot im Fahrgastraum. – Und ohne Herr Meierhans, natürlich.

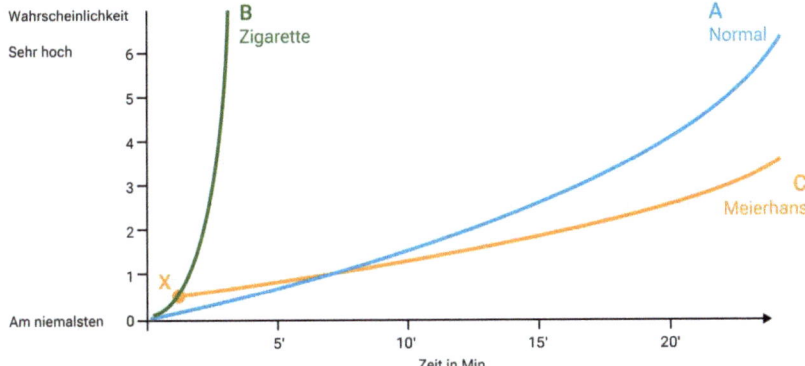

Heute auf der Karte: Fisch

Zuweilen wird ja behauptet, Kreuzfahrtschiffe seien regelrechte Dreckschleudern, ja, sie würden durch ihre gigantischen Schlote tonnenweise CO_2 in die ... – ganz schlimme sogar CO_3! Das ist nicht schön, unbestritten. Doch auch diese Medaille hat, was jetzt nicht sonderlich überraschen dürfte, zwei Seiten, selbstverständlich.

Zum Beispiel gibt es Fischarten, die sich ausschliesslich in der Nähe von Kreuzfahrtschiffen aufhalten, in riesigen Schwärmen, um sich vom – im Jargon der Meeresbiologen genannten – *Relingbuffet* zu ernähren. Zu Deutsch: Von der Kotze der Passagiere. Daher bitte niemals die Bordtoiletten benutzen für derartiges Feedback, die Fische sagen «Dankeschön, glup, glup». Diese Fischart (lat. «Amphiprion evomuit») übrigens kämpft meist mit leichtem Übergewicht, der unausgewogenen Ernährung wegen. Beluga in der Adria.

Fast hätten wir die Haie vergessen: Gerade bei unruhigem Seegang fällt ab und an ein Passagier von Bord, ungeschickt, was Haie sehr zu schätzen wissen (bei Bedarf an Detailinformationen siehe bitte dokumentarisches Meisterwerk «Der weisse Hai» von Steven Spielberg). Glücklicherweise, aus Sicht der Raubfische, verlieren adipöse Menschen relativ rasch das Gleichgewicht.

Sie sehen: Im Endeffekt sind Kreuzfahrtschiffe sogar eine wirkungsvolle Waffe im Kampf gegen das Artensterben in den Meeren dieser Welt.

Ich wünsche allen Schiffsreisenden ganz, ganz schöne Ferien. Und die Fische sicher auch, «glup, glup!»

Was soll ich anziehen?

Fragt Jana ihren allerliebsten Maximilian «Schatz, was soll ich anziehen, das rote oder das blaue Kleid?» so weiss dieser: Er hat verloren, es wird ein langer Tag werden, und nicht zwingend der schönste in seinem Leben. Tatsächlich gilt diese im ersten Moment simpel anmutende Frage in Philosophie- und Psychologiekreisen als eigentlicher Grundstein der hohen Lehre der Unlogik, deren Ursprung zeitgleich mit der Entstehung des Menschen zu finden ist.

Antwortet Maximilian nämlich nach einigem Zögern mit «das Rote», so wird er mit Entgegnungen wie «letztes Mal sagtest Du, das Blaue gefalle Dir» oder «sehe ich im Blauen zu fett aus?» und ähnlichem konfrontiert. Umgekehrt ist das natürlich das Gleiche, also bei der Antwort «Blau», und weil bis heute dutzende renommierte Wissenschafter während dem Versuch, dieses Paradoxon aufzuklären, früher oder später in geschlossene Abteilungen eingewiesen wurden ... – lange Rede, kein Sinn: Wir haben das Rätsel entschlüsselt, klar, alles andere wäre eine Überraschung.

Entgegen vieler Vermutungen entscheidet nicht primär die eigentliche Antwort «Rot» oder «Blau» über Glück oder Unglück von Maximilian, sondern a) die Zeitdauer, die bis zur Antwort verstreicht, in der Grafik dargestellt auf der horizontalen Achse, und b) Nachdruck und Entschlossenheit ebendieser Antwort, illustriert auf der vertikalen Achse links, also 5 laut und entschlossen wie ein Feldherr und 1 leise wie ein kasteites Kirchenmäuschen. Die Achse rechts wiederum zeigt, natürlich, die Reaktion der Frau (1 = kuschelig wie ein Katzenbaby; 5 = Kampfmodus).

Gut zu erkennen: Eine Antwort mit grosser Entschlossenheit – siehe grüne Linie – zwei bis vier Sekunden nach Beendigung der Fragestellung gilt aus Studiensicht als optimal (rot schraffierter Bereich A). Kommt die Antwort zu früh – im dümmsten Fall sogar vor vollständiger Beendigung des Fragesatzes – ist der Proband akut dem sogenannten «Du hast gar nicht hingehört/hingesehen»-Risiko ausgesetzt (Literaturhinweise: Sigmund Freud; Hermann Rorschach; Magazin «Freundin»).

Je länger die Studienteilnehmer mit ihrer Antwort zögerten, desto unentschlossener fiel ebendiese aus, was sich entsprechend negativ auf die Stimmung der Fragestellerin auswirkte, siehe orange Linie. In der Männerwelt populäre Strategien wie etwa «aggressives wegdösen» oder «totstellen» wurden – da wissenschaftlich schwer auswertbar – in die Studie nicht miteinbezogen. – Zurecht, denn diese würde uns zweifelsohne hart an die Grenze zur Pseudo-Wissenschaft bringen, mit der wir, mit Verlaub, nicht in Verbindung gebracht werden … – Entschuldigung, meine Partnerin ruft gerade … *«ja, Schatz, wie bitte? – DAS BLAUE!»*

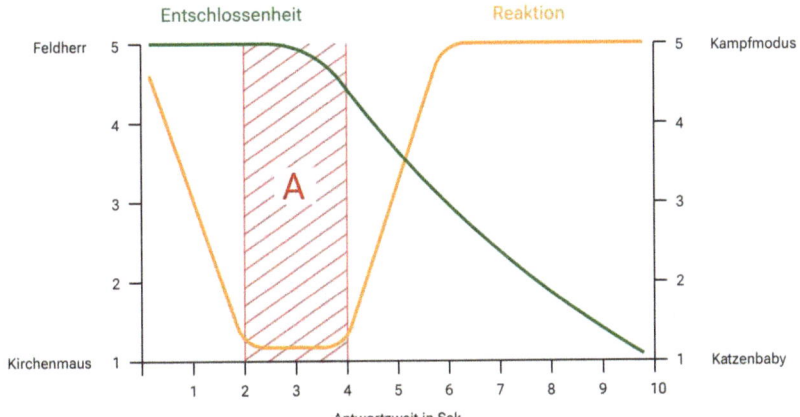

Brennpunkt Sportwagen

Es ist ungerecht: Tanzt ein Mann in den Vierzigern beim Porschehändler an, obwohl er zeitlebens VW Passat, Toyota Corolla oder Skoda Octavia gefahren ist, dann ... – na ja, Sie wissen schon. Freunde bestaunen den neuen Sportwagen, sagen Dinge wie «oh, so geil, so schön, sogar mit Ledersitzen», währenddem auf ihrer Stirn in Grossbuchstaben aufleuchtet: «Oje oje, hat sie ihn also auch erwischt, die Midlife Crisis». Infiziert. Dem Porsche selbst, könnte er denn fühlen, wäre es vermutlich schnurzegal, wer in ihm sitzt. «Skoda» schreibt sich übrigens mit einem kleinen Dach auf dem «S», einem umgedrehten, welches Windows abstürzen lässt.

Dabei kann ein Mann, wenn «die Kinder erstmal draussen sind», «wir den verstorbenen Golden Retriever nicht ersetzen, weil wir langsam ins Alter kommen» und «Daniela in der Migros Klubschule jetzt eine Coaching-Ausbildung beginnt» einfach so, ganz unbeschwert und ohne jegliche Anzeichen einer Lebenskrise einen Sportwagen, eine Harley oder etwelche Symbole der ewigen Jugendlichkeit käuflich erwerben. Männer dürfen das, problemlos. Männer sind Menschen.

Wir jedoch lieben Klischees, mögen Geschichten, die in den Rahmen passen. Die Vorstellung, ein Mann in Hilfiger Polohemd über dem Bauchansatz, Piloten-Sonnenbrille und «All white» Turnschuhen würde es nochmals richtig krachen lassen, würde im schnittigen Flitzer jungen Frauen imponieren wollen, gefällt, – ja, beflügelt die Phantasie. Natürlich erleben wir auf den Strassen genügend Zirkus mit Beispielen, die diese Vorstellung befeuern. Die Mehrheit allerdings ist für uns nicht sichtbar, sie fährt einfach so einen Sportwagen, aus Spass an der Freude.

Liebe Männer, dies ist ein Appell: Ganz egal, wie alt Ihr seid, kauft Euch, worauf immer Ihr Lust habt, ohne Scham! Sportwagen für alle, Benzin statt Cholesterin!

– Ausser natürlich, der Name des Modells beinhalte irgendwelche Sonderzeichen, die Windows abstürzen lässt. Viel Spass!

Wirf das Stöckchen für Aisha

Katzen wissen: Sie werden von den Menschen geliebt und geschätzt, weil sie so sind, wie sie eben sind, anschmiegsam, unberechenbar, vollkommen unloyal. Das ist ein Fakt, darum werden diese Tiere gehalten. Würden sich Katzen eines schönen Morgens genau gleich verhalten wie beispielsweise Hunde – also, jetzt nicht bellen oder so, aber vom Wesen her ... – dann würde ein grosser Aufschrei durch das Katzenbesitzeruniversum hallen, Gefühle wie Sorge, Verzweiflung, Wut und Enttäuschung würden den Weg ins Tierspital ebnen, vielleicht gar bis zum Tierpsychologen. Es wäre schlimm.

Lassen Sie uns diesen Gedanken weiterspinnen: Ab nächsten Mittwoch verhalten sich Katzen wie Hunde und umgekehrt. Man muss sich das einmal vorstellen. Telefondrähte von besten Freundinnen, Fernsehstationen und Tierärzten würden glühen, Haustierbesitzer würden sich von der Arbeit abmelden, weil «es Rex nicht gut geht» oder «Aisha im Garten einen Knochen vergraben hat» und eine regelrechte Panik würde um sich greifen. Kann sich die Welt noch weiterdrehen unter solchen Umständen? Kampfhund Rambos Schwanz wedelt plötzlich nicht mehr, wenn er das Geräusch des Dosenöffners hört, stattdessen flaniert er um die Beine seines Herrchens und will gestreichelt werden. Könnte unsere Gesellschaft das verkraften?

Aber wissen Sie, ganz ehrlich, auch ein Goldfisch kann viel Freude bereiten.

Rufen Sie an

Rufen Sie an. Beim Schweizer Fernsehen SRF kann jeder anrufen, wenn ihm etwas nicht passt. Oder mailen. Oder schreien, je nachdem. Sagt ein Exponent in der «Arena» Dinge, die ganz und gar nicht Ihrem politischem Gusto entsprechen: Einfach anrufen. Der Sender wird umgehend eine Richtigstellung einblenden. Damit alle Menschen die ganze Wahrheit erfahren. Wahrheit ist wichtig.

Wenn andere Zuschauer anrufen, die eben ein bisschen verpeilt sind, politisch, dann sollte auf die oben genannte Richtigstellung verzichtet werden. Klar, sonst läuft's ja wieder schief, und am Ende ist das Publikum vollkommen verwirrt, bildet sich eine komplett verkehrte Meinung, entscheidet falsch an der Urne, und schickt dieses Land schnurstracks in den Abgrund. So funktionieren Menschen.

Selbst vor und nach den Sendungen ist es eine Art Pflicht eines jeden verantwortungsvollen Bürgers, zu insistieren: Wird zum Beispiel ein politischer Aktivist zuerst ein- und dann wieder ausgeladen, in die Arena, dann rufen Sie an. Es hilft. Vielleicht wird die Leitung den Entscheid rückgängig machen, und falls nicht, hilft es ungemein, denen im Leutschenbach einmal richtig die Meinung zu sagen. Schimpfe erteilen. Das befreit.

Was wir sicher nicht machen dürfen, wenn das obige Sendeformat aus den richtigen Bahnen läuft, ist, einfach den Fernseher auszuschalten. Oder allenfalls einen anderen Kanal wählen, vielleicht einen Rosamunde Pilcher Film angucken. Denn das wäre die Kapitulation.

Wobei, zugegeben: Kürzlich hat sich eine Lady im Rosamunde Pilcher Film in einen totalen Vollpfosten verliebt. Da habe ich auch angerufen, natürlich. – Und mich anschliessend über die eingeblendete Richtigstellung gefreut.

Reden über Hitze

«Uff, diese brütende Hitze» oder «diese Temperaturen machen mich total fertig», Hand aufs Herz, wie oft haben unsere vor Schweiss glänzenden Ohren während der Sommermonate Sätze wie diese vernommen? Im Büro, in der Strassenbahn, beim Einkaufen, am Grill, in der Sauna, einfach überall: Hitze, Hitze, Hitze! – Meteorologisch ungeschulte Mitmenschen hätten fast glauben können, es würde etwas bewirken, wenn Leute immerzu das extreme Wetter thematisieren.

Sonnenklar, dass wir diesem Phänomen hier und jetzt mit wissenschaftlicher Methodik auf den Grund gehen. – Also, jetzt nicht dem Klimawandel, der schon zur Genüge diskutiert, dementiert und ... – nein, vielmehr geht es um die Korrelation zwischen «Uff, diese Bruthitze»-Aussagen und einer Änderung der Anzeige auf dem Thermometer. Wer nun gelacht hat, schallend, den werden folgende Forschungsresultate mit Sicherheit verblüffen.

Auf der Horizontalachse der Grafik sehen wir, wie viele Male sich die Probanden pro Tag über die exorbitante Hitze beklagt haben. Dabei waren manche Menschen von morgen früh bis spätabends praktisch ausschliesslich daran, über das extreme Wetter zu lamentieren, was ergo eher rechts in der Illustration reflektiert wird. Klagen über Klagen.

Die Studie unterscheidet zwischen der ursprünglichen, unbeeinflussten Temperatur (rote Linie A) und ... – lange Rede, heisser Sinn: Ab durchschnittlich zwanzig Klagen über die Hitze senken sich die Temperaturen schrittweise, siehe Punkt X bzw. blaue Linie (B). Je häufiger über das Wetter geklagt wird, desto weiter driften die ursprünglich geplante Temperatur A (danke, Petrus!) und die durch Klagen erfolgreich beeinflusste Temperatur (B, blau) auseinander. Wer hätte *das* gedacht. Manch ein Laie hätte wohl vermutet, Menschen, die stetig klagen, würden dies tun, um sich selbst fortwährend an ihr Leiden zu erinnern. – Weit gefehlt!

Was auf der Grafik fehlt, aus Platzgründen, ist die Entwicklung ab hundert Mal «Uff, ist das heiss», was ja noch weiter rechts, also quasi neben Ihres Buches, vielleicht auf dem Küchentisch oder der Hose Ihres Sitznachbarn im Zugabteil dargestellt würde. Ab zirka hundert Klagen nämlich, die Logik will es so, fällt das Quecksilber auf Minustemperaturen. So nachgewiesen unter anderem bei unseren Studienteilnehmern in der Antarktis. Grosses Raunen in den Reihen der Klimaforscher.

Also, das wars bereits. Das nächste Mal erklären wir mit Hilfe von Vertretern der Öl-Lobby und handverlesenen Eisbären, warum das *ewige* Eis schmelzen kann. Und das übernächste Mal, vielleicht, ob der Einzelne anstelle von Klagen zusätzlich auf politischer Ebene etwas tun könnte. Es bleibt spannend. Aber ich muss jetzt Schluss machen, die Temperaturen hier sind ... – Schluss, Basta!

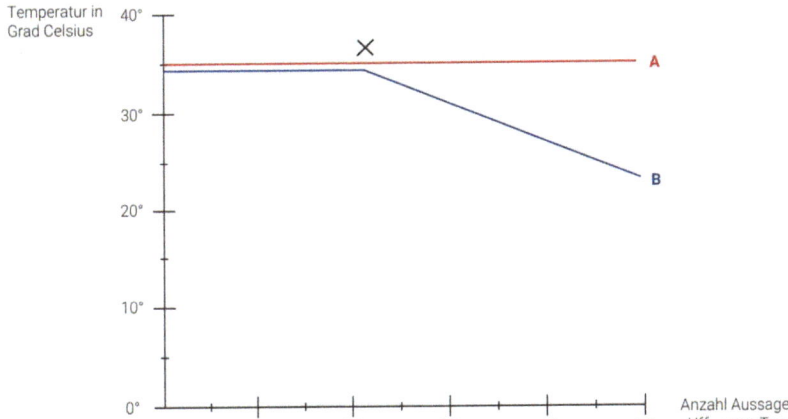

Ein Hoch der Begabung

In den meisten Fällen schauen Tiefbegabte zu Hochbegabten hoch, ehrfürchtig, was eine Begegnung auf Augenhöhe praktisch verunmöglicht. Umgekehrt sitzt es sich gern auf dem sprichwörtlichen hohen Ross, als Hochbegabter, was zu Konflikten führen muss, unweigerlich.

Die Lösung liegt bei den Mittelbegabten, sie können schlichten. Obwohl «mittelbegabt» leicht mit «mittelmässig» verwechselt wird, in unserer Zeit, und gerne vergessen geht, dass die Mehrheit das Mittelmass definiert. Ja, das ist Philosophie.

Um noch etwas komplizierter zu werden: Hochbegabte haben häufig eine sogenannte Inselbegabung, das heisst, sie sind nicht in allen Bereichen gleich begabt, weil ihr Gehirn ja auch nicht grösser ist als jenes von Mittel- und Tiefbegabten. Kann ein Vierjähriger exzellent Geige spielen, zum Beispiel, so ist das vermutlich eine Inselbegabung. Versagt er gleichzeitig bei Ego-Shooter-Videospielen, so ist das eine Behinderung, im weitesten Sinne. Sie sehen, auch Inselbegabungen sind nicht das Ibiza der Weltmeere. Die Schweiz ist ein Binnenstaat.

Die Grösse des Gehirns ist übrigens – um hier eine kleine Korrektur anzubringen – nicht relevant für die Denkleistung, die Kapazität. Wenn Sie also einer Mathematikprofessorin oder einem Mathematikprofessor mit einem relativ kleinen Kopf begegnen, dann stellen Sie bitte keine Kontrollfragen. Und: Frauen haben ein kleineres Gehirn als Männer, im Durchschnitt (und benutzen es häufiger als Männer, im Durchschnitt). Menschen mit einer voluminösen Frisur wollen der Welt suggerieren, sie hätten ein grosses Gehirn. Über Männer mit Vollbart haben wir noch gar nicht gesprochen. Damit wollen wir die obige Frage abhaken.

Immer häufiger sprechen Neurologen von der Querbegabung: Hochbegabte sagen Dinge, die man eigentlich von Tiefbegabten erwarten würde. Hier Beispiele aufzuführen, würde den Rahmen sprengen.

Wichtig für den Moment: Mit Hilfe von Alkoholkonsum können Grenzen überschritten werden, Tiefbegabte werden zu Mittel- oder sogar Hochbegabten, temporär, und umgekehrt. Dies hilft ungemein bei der zwischenmenschlichen Kommunikation. Sie können immer davon ausgehen, dass Ihr Gegenüber nicht etwa tiefbegabt ist, sondern glücklicherweise nur betrunken, als Entschuldigung, wenn es etwas Dummes sagt. – Oder schreibt.

Lehrer: Note 1

Ein glühend heisses Eisen ist die Schuldfrage, natürlich, es sollte wenn immer möglich geklärt werden, auf wen man zeigen kann, mit dem Finger. Eine Art Tradition. Stabil. Wer hat die Entwicklung, das Verhalten der Generation Z verkackt? – Mann, das kann doch nicht so schwer zu beantworten sein, im Dschungel der Lamenti.

An den Eltern kann es ja wohl am kaumsten liegen, die meisten sind da ganz cool und easy, wissen Sie, die kommen nicht unmittelbar in den Rage Mode, wenn das Blag die schmutzigen Sneakers auf den Sitz stellt im Tram, zum Beispiel. Voll gechillt. Oder das dramaturgisch überbewertete Littering, Mann: Was sollen die Eltern denn bitte schön ständig ihren Nachwuchs zurechtweisen, wenn dieser seinen Dreck liegen lässt? Ist doch ein Stimmungskiller. Also, an den Alten kann es nicht liegen, und an der Generation Z selber ja wohl auch nicht, man kann sich ja schlecht selbst erziehen.

Bleiben die Pädagogen, ja, vermutlich sind die Lehrer schuld, mit grosser Wahrscheinlichkeit sogar. Das muss es sein, sie haben in der Erziehung total versagt. Und die Lehrerinnen auch, natürlich. Das muss Konsequenzen haben, politische.

Der fünfzehnjährige Leon in der Nachbarschaft ist da gleicher Meinung, übrigens.

Heute: Der Regenschirm

Manche Dinge sind banal: «Regenschirm ja oder nein?» Während sich die einen Menschen frühmorgens den Kopf über diese Frage zerbrechen, sich vor dem Verlassen des Hauses den Wetterbericht anhören, die Prognose googeln und Meteo-Apps bemühen, sind andere der festen Überzeugung, dass es immer dann regnen wird, wenn sie keinen Schirm mitgenommen haben, frei nach Murphy's Law. Prognosen können sich übrigens je nach App unterscheiden (Tipp: Benutzen sie eine, die tendenziell schöneres Wetter als die anderen Apps anzeigt).

Tatsächlich sehen wir uns auch hier verschiedenen Szenarien konfrontiert, die erklärt werden wollen. Die erste Situation ist so häufig wie unspektakulär: Unser Protagonist verzichtet auf die Mitnahme eines Schirms und der Regen bleibt aus (siehe «A» in der Illustration). Die Einschätzung war korrekt, doch höchst selten lobt sich der «Nichtschirmer» – um hier etwas Jargon einzubauen – für seine Entscheidung, weil kein eigentliches Ereignis stattfindet, welches ihn an sein Glück erinnern würde. So funktionieren langweilige Leben.

Weitaus interessanter gestaltet sich Situation B. Das Versuchsobjekt hat sich nach einem langwierigen Prozess für die Mitnahme eines Schirmes entschieden, worauf es während des Tages tatsächlich zu regnen beginnt. Häufig unterschätzt hierbei wird die exorbitante Ausschüttung von Glückshormonen, von Fachleuten auch «Ah, hab ich's doch gewusst»-Endorphine genannt. Nicht selten wird das Hochgefühl allerdings spätestens beim Verlassen eines Lokals getrübt. Schirme lieben es, geklaut zu werden.

Szenario C schildert uns Menschen, die ihre Steuererklärung zu spät einreichen, das Licht auf der Terrasse wochenlang brennen lassen, vergessen, ihre Katze zu füttern und – eben – keinen Schirm mit dabeihaben, wenn es zu regnen beginnt. Sie haben ihr Leben nicht im Griff, versagen tagtäglich kläglich. Manche Exponenten dieser Spezies erdreisten sich, andere Menschen, die ihre Hausaufgaben offensichtlich erledigt haben, zu fragen, ob sie mit unter deren Schirm dürfen. – Aber hallo, wo kämen wir da hin? Es würde darauf hinauslaufen, dass sich morgens keiner mehr Gedanken ... – nicht auszumalen sowas! Schlaue Katzen können übrigens Schirme portieren (bei richtiger Fütterung).

Ganz zum Schluss der Klassiker: Wir purzeln mit einem Schirm in der Gegend herum bei strahlendem Sonnenschein (D). Es ist peinlich. Wenn uns andere Menschen sehen, denken Sie «der purzelt mit einem Schirm in der Gegend herum bei strahlendem Sonnenschein». Es ist eine Art soziale Disqualifikation, denn jeder hat doch Wetter-Apps, und die meisten ein Gehirn. Situation D ist de facto weitaus schlimmer, als ohne Schutz in einen Hagelschauer zu spazieren, mit faustgrossen Körnern. Viele dieser Menschen versuchen verzweifelt, ihr Unvermögen zu kaschieren, indem sie einen kleinen, kompakten Schirm in ihrer Tasche mitführen, was der Gesetzgeber – leider – bis heute noch nicht verboten hat. Ein Beschiss.

So, das war's bereits. Pfiffige Leserinnen und Leser haben längst gemerkt, was die Grafik vollkommen ignoriert: Jacken mit Kapuzen, natürlich. Aber jetzt muss ich Schluss machen, ich spüre Tropfen, auf Wiederlesen.

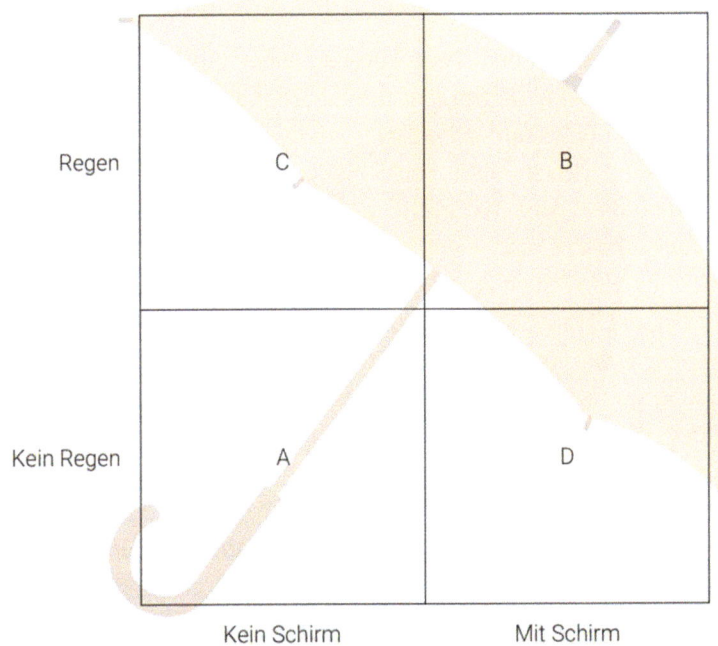

	Kein Schirm	Mit Schirm
Regen	C	B
Kein Regen	A	D

Pilz und Post

Wenn Sie Fusspilz haben, liebe Leserin, lieber Leser, dann sollten Sie unbedingt einen Post absetzen, auf Ihrem Kanal. Am besten mit Foto. Das sind wir unseren Followern schuldig, irgendwie, denn echte Treue kennt schliesslich keine Geheimnisse. Social Media ist ein Segen. Es ist Familie. Die Community wird natürlich reagieren, klar: Emotionale Emojis werden ausgetauscht und nicht wenige klicken das Herzchen-Symbol, wobei nicht in allen Fällen zu hundert Prozent klar ist, ob sie den Fusspilz «liken» oder die Transparenz desjenigen, der den Post abgesetzt hatte. Oder beides. Egal, Likes sind das Gold unserer Zeit. Freunde, die sich richtig Mühe geben für einen Kommentar mit echten Wörtern, also, mit Buchstaben, die schreiben Dinge wie «oh oh uh» oder «oje». Die meisten reagieren sehr effizient, denn es gibt bestimmt andere Posts von weiteren lieben Menschen, die kommentiert werden wollen. Vielleicht hat Kay Hämorrhoiden oder Aisha Scheidenpilz. Echte Freundschaft ist unbezahlbar.

Mit etwas Glück, um auf den Fusspilz oben zurückzukommen, kennt jemand im virtuellen Freundeskreis dieses Problem und nimmt die Mühe in Kauf, um Tipps zur Bekämpfung preiszugeben, denn Rat in einer Apotheke einzuholen, wissen Sie, das ist zu peinlich. Die hübsche Apothekerin mit dem weissen Kittel könnte denken «iiih, Fusspilz». Darum: Mit einer ausgewogenen Mischung aus Halbwissen und gutem Willen kriegen wir die fiese Erkrankung weg.

Eigenurin hilft. – Wobei, warten Sie, als ich diese Methode kürzlich gepostet habe, hat «L3onie_05» geantwortet: «oh oh uh!»

Lachen über Witze

Humor bietet sich geradezu an, totgeredet zu werden, wobei Diskussionen über Humor meist verhältnismässig humorlos ablaufen. Rang 1 in der Hitparade der Diskussionen: Der politisch unkorrekte Witz, – oder vielmehr die moralische Frage, bei welcher Art von Witzen, Scherzen und Sprüchen gelacht werden darf. Oder sollte. Oder: Muss. Dabei spielen Umstände, kultureller Hintergrund des Erzählers und des Zuhörers, das Wetter und tausend weitere Faktoren eine Rolle. Die Welt ist ein komplexer Ort.

Natürlich – Sie haben es geahnt – wollen wir im Folgenden eine mögliche Korrelation zwischen Bildungsgrad des Empfängers und Lautstärke seines Lachens analysieren und in einer Grafik aufpinseln. Übungsanleitung: Ein politisch unkorrekter Witz wird erzählt. Wie reagieren die Zuhörer? (Jargon: die Bewitzten)

Der Laie mag annehmen, dass ein überdurchschnittlich gut gebildeter Adressat des Witzes über einen moralisch abwegigen Witz nicht lachen würde. – Ha, weit gefehlt! Selbst diese Annahme (um nicht zu sagen: Dieses Vorurteil) darf ungeniert als schlechten Scherz interpretiert werden. Den Bildungsgrad des Publikums erkennen wir auf der linken vertikalen Achse (0 = eher ungebildet, 5 = Allwissend). Promovierte Mathematiker haben wir übrigens ausgeschlossen, weil per se humorlos.

Die Lautstärke des Lachens wollen wir in der horizontalen Achse darstellen, wobei das stille vor sich Hinlachen – aus Scham, die anderen könnten sehen, dass man etwas lustig findet – nicht gemessen werden kann, leider. Seriöse Wissenschaft berücksichtigt halt nur messbare Fakten, mit dieser Unschärfe müssen wir leben. Also, 0 auf der Skala (links) ist mucksmäuschenstill, ganz rechts (in der Skala) steht für schallendes Gelächter in der Lautstärke eines herkömmlichen Düsenjets (zirka 120 Dezibel). Tote erwachen.

Sie sehen: Die grüne Linie zeigt uns, wer wie laut lacht. Dabei erkennt der mittelgut gebildete Adressat (A) die politische Unkorrektheit des Gesagten, besinnt sich seines moralischen Bewusstseins und lacht nicht sonderlich laut, eventuell auch aus Angst, Mitmenschen könnten ihm Ungebildetheit unterstellen. Das sehr gut gebildete Versuchsobjekt hingegen (siehe B) hat jegliche Scham über Bord geworfen, in der Überzeugung, die Mitmenschen seien sich seiner überdurchschnittlichen Bildung bewusst. Diese Menschen lachen nur dann nicht, wenn sie die anderen Anwesenden nicht kennen (oder wenn sie allenfalls derjenigen Minderheit angehören, auf Kosten derer der Witz geht).

Fast ebenso interessant ist das Verhalten der sogenannt bildungsfernen Menschen, markiert als «C»: Ihr Lachen ist nicht ganz so laut, denn Bildung und Anstand haben keinen nachweisbaren Zusammenhang (das hören all die verfickten Akademiker natürlich nicht gerne). Allerdings – das müssen wir uns eingestehen – unterscheidet die Studie nicht zwischen denjenigen Menschen, die aus Anstand nicht lachen, und denjenigen, die den Witz nicht verstanden haben.

Ganz zum Schluss ein wichtiger Hinweis: Was Sie hier illustriert sehen, liebe Leserin, lieber Leser, sind Durchschnittswerte. Ausreisser gibt es immer. – Genauso, wie es immer lustige Witze geben wird, die politisch unkor ... – so, Schluss jetzt.

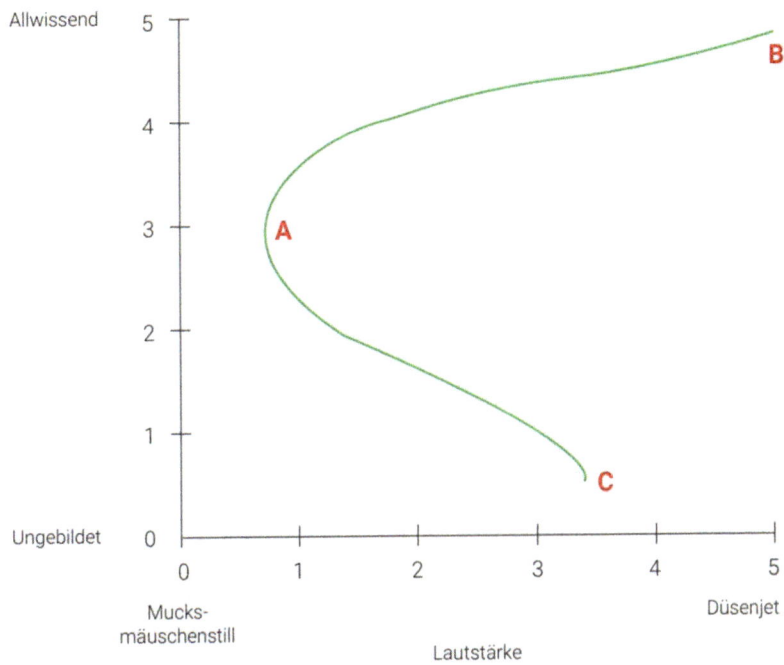

Allwissend 5

4

3 A

2

1

Ungebildet 0

0　1　2　3　4　5

Mucks-
mäuschenstill

Düsenjet

Lautstärke

B

C

Forever young

Wenn das Gewehr die Braut des Soldaten sein soll, dann ist es ja wohl der Bräutigam der Soldatin. Bitte sehr. Denn in die Schlacht ziehen, wissen Sie, sollte für alle möglich sein. Ein Menschenrecht. Die Redewendung ist die Panzerhaubitze des kleinen Mannes.

Damit nicht genug: Die Rekrutenschule macht den Jungen zum Mann, und damit ergo das Mädchen zur Frau, oder? – Wir wissen es nicht, scheinbar mit dem Bajonett in Stein gemeisselte Regeln geraten ins Wanken.

Schiesst die Soldatin mit dem Gewehr ihres männlichen Kollegen, vielleicht in der Hitze des Gefechts, wird sie quasi bisexuell. Genau, und verweigern junge Frauen und Männer den Militärdienst, dann bleiben sie für immer ... – so, Schluss jetzt, abtreten, Marsch!

Der Postbote

Sie müssen wissen: An dieser Stelle werden auch hochkomplexe Themen aufgegriffen, analysiert und verständlich erklärt. Es ist Ehrensache. Heutiges Thema – lang ersehnt und endlich auf dem Tapet – ist die Interaktion zwischen Mensch und Tier, im konkreten Fall: Zwischen Postbote und Hund. Man bedenke, pro Jahr werden in der Schweiz – gemäss Statistik der SUVA – rund 100 Postboten gebissen (die meisten von Hunden).

In der Feldforschung häufig vernachlässigt wird hierbei die Rolle des Hundebesitzers, der Hundebesitzerin, der/die je nach Verlauf des Versuchs eine nicht unwesentliche Rolle einnimmt (im Folgenden, Sie mögen verzeihen, verwenden wir der Einfachheit halber nur die männliche Form, auch beim Postboten, und natürlich beim Hund*innen). Greift der Besitzer ein, geschehen Dinge, die ohne ... – lassen Sie uns zur Versuchsanleitung gehen: Der Postbote öffnet das Gartentor eines mittelständischen Einfamilienhauses (ohne Gartenzwerge) und betritt das Grundstück des Kunden. Ein Hund in der Grösse eines adipösen Zuchtebers betritt die Szene.

In Szenario A – siehe blaue Linie in der Illustration – reagiert das Tier äusserst aggressiv, während sich der Kurier dank einschlägiger Weiterbildungen und seiner Mitgliedschaft im internationalen Verband der Postboten sehr besonnen verhält und in der Folge selbstverständlich in die Wade gebissen wird. Der Hausherr, dessen Rufe «er will nur spielen» wirkungslos im Nirwana von «Lassie» und «Kommissar Rex» verhallen, agiert gemäss Diagramm sodann ebenfalls nervös und deckt den mittlerweile hinkenden und fluchenden Briefträger mit Vorwürfen ein. Und seinen Schützling ebenfalls. Diese Situation gilt als Klassiker.

Weit weniger häufig reagieren Hund und Besitzer sehr, sehr ruhig, vielleicht, weil sie gerade ihr Morgenyoga hinter sich haben oder der FC Zürich am Vorabend verloren hat, während sich der Beamte, eventuell aus Unmut darüber, dass sein Arbeitgeber mittlerweile duftende Briefmarken verkauft, sehr nervös und streitlustig zeigt, siehe orange Linie in der Grafik (B). Er provoziert mit seinem Verhalten jegliche Tiere des Quartiers und ... – vollkommen klar, dass so ein Mensch gebissen wird. Meist vom Hund. Manchmal mischen sich auch Katzen der Nachbarschaft ein.

In Szenario C – welches weit öfters auftritt als von Laien angenommen – solidarisieren sich Hund und Postbote miteinander, interagieren damit äusserst gelassen, während der Hausbesitzer seinen schlechten Tag einzieht und ein unangemessenes Wortgefecht vom Zaun bricht, in dessen Verlauf der Pöstler seinen Berufswunsch verflucht und der Hund sein Herrchen in die Ferse beisst (siehe grüne Linie in der Darstellung). Die Loyalität von Hunden wird häufig überschätzt, gerade bei Fütterung mit Trockennahrung, und vor allem wenn man ihnen im Winter kein dämliches Jäckchen überzieht. Schlimm.

So, das war's bereits mit den häufigsten Unfallmeldungen der Post. Experten haben natürlich längst bemerkt, was das vorliegende Modell vollkommen ignoriert: Befinden sich Gartenzwerge auf dem Grundstück, dann kippt die Stimmung schlagartig. Meist beissen sich in der Folge Postbote und Hundebesitzer gegenseitig. Aber darüber vielleicht ein anderes Mal.

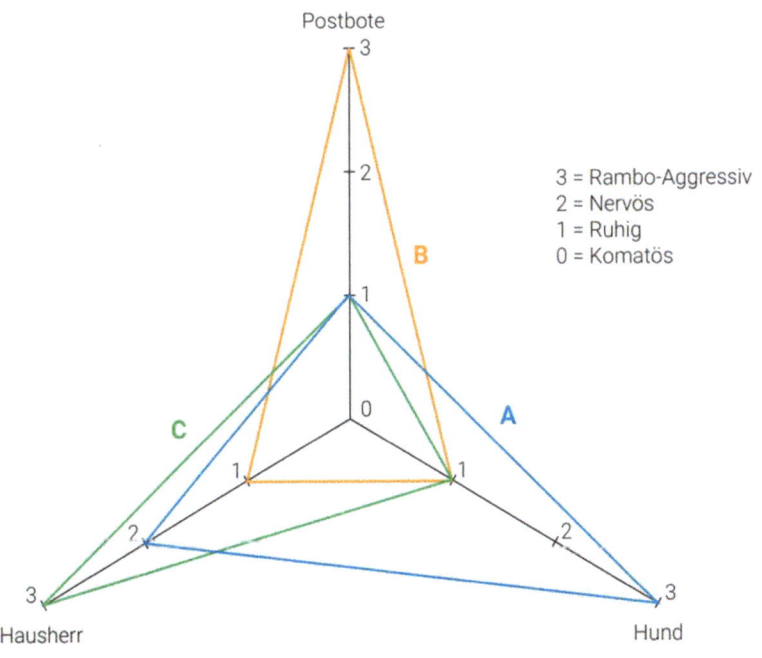

Postbote

3 = Rambo-Aggressiv
2 = Nervös
1 = Ruhig
0 = Komatös

B

C

A

Hausherr

Hund

Maximilian schlägt zu

Es gibt ja nicht weniger Tabus als früher, sie haben sich nur verlagert, sozusagen. Sitzen Sie heute am Spielplatz, beispielsweise, und sagen zu Ihrer Banknachbarin «könnten Sie bitte dafür sorgen, dass Ihr Sohn meiner Tochter nicht mit voller Wucht die Schaufel ins Gesicht schlägt?» dann ist Schluss mit Lustig: Nur, weil das Kind Ihrer neuen Gesprächspartnerin aussieht wie ein Junge, heisst das noch lange nicht, dass es sich wie ein Junge fühlt. Vielleicht möchte es (oder je nachdem: seine Eltern) sich erst im späteren Verlauf des Lebens für eine adäquate Form des Seins entscheiden, was mit Verlaub sein gutes Recht ist, in einer modernen, aufgeschlossenen Gesellschaft. Und: Vielleicht befindet sich die Eltern-Kind-Konstellation Ihrer Banknachbarin nicht in einem Status, der die direkte Konfrontation mit dem Muttersein zulässt.

Weitaus besser wäre, um auf obige Szene zurückzukommen, folgende Aussage: «Das Ihrer Obhut übertragene Subjekt schlägt gemäss meinem gegenwärtigen Informationsstand meine Tochter. Diese Situation gefällt mir nicht». Dieser Satzbau wirkt deeskalierend, grenzt nichts und niemanden aus und ermöglicht damit ein auf Konsens ausgerichtetes Zusammenleben. Ein gesunder Dialog braucht Raum.

Um es kurz zusammenzufassen, etwas deutlicher: Dieses ungezogene Arschlochkind soll endlich aufhören und die Plastikschaufel zurückgeben, verdammt nochmal!

Fortsetzung folgt

«Cliffhanger» ist eben nicht nur ein ausgesprochen schlechter Spielfilm mit Silvester Stallone in der Hauptrolle, nein, es ist auch ein Fachbegriff der Filmbranche, der ... – aber das wissen Sie bestimmt bereits: Das intergalaktische Raumschiff des Protagonisten hat Plutonium-Feuer gefangen, der im ewigen Eis festgefrorenen Wonder Woman bleiben nur noch zwei Sekunden Zeit und zweieinhalb Fischstäbchen für die Rettung der Welt, oder die mit Drillingen hochschwangere Saskia sagt zum niederträchtigen Justin «Blödian» – und zack ist das Ende der Folge erreicht. Eben, Cliffhanger.

Glasklar, dass der verantwortungsvolle Serienkonsument seinem Seelenwohl diese nahezu unerträgliche Ungewissheit nicht zumuten will, wie die Geschichte in der nächsten Folge weitergeht. Und da wir seit Netflix und ähnlichem Krimskrams inzwischen nicht mehr auf Irgendwas warten müssen – denn warten ist sehr, sehr unsexy in einer Instantgesellschaft – sitzen wir bis tief in die Nacht vor der Glotze. Das ist Fortschritt. Augen mögen das.

In den allermeisten Fällen – um an dieser Stelle ein bisschen den Spielverderber zu mimen – stirbt der Protagonist nicht unmittelbar in der dritten Folge einer zwanzigteiligen Serie. Kollektives Nicken bei den Drehbuchautoren. Natürlich weiss das der Serienfreund insgeheim, doch unsere Gehirne scheinen diese Logik vollkommen auszublenden, sodass es spannend bleibt. Im Grunde verarschen Cliffhanger unser Hirn. Und die Welt schaut zu.

Zu allerletzt sei hier eine kleine Korrektur angebracht: Der oben erwähnte Actionfilm «Cliffhanger» ist in Wahrheit sehr spannend. Silvester Stallone nämlich schwingt sich ... – ach, wissen Sie, das alles erfahren Sie im nächsten Buch.

Von ~~Äpfeln~~ Birnen

Vergleichen Sie nie Äpfel mit Birnen. – Niemals. Die ganze Symbolik, die Historie des Apfels würde total verwässert, Volksheld Wilhelm Tell hat Walterli nun einmal keine Birne von der Rübe geschossen, keine angebissene Birne prangt auf unserem Smartphone und ... hat eigentlich Adam oder Eva zugebissen, damals, im Paradies? Sie sehen, es ist kompliziert. Am Ende war es die Schlange.

Aus Birnensicht ist der obige Umstand natürlich eine Tragödie, Birnen werden vollkommen unterschätzt, zuweilen sogar ignoriert, totgeschwiegen. Häufig ist der Tüte Apfelsaft – so kann es der verantwortungsvolle Konsument den Inhaltsangaben entnehmen, den kleingedruckten – ein Teil Birnensaft beigemischt. Nur wenige Menschen wissen das. Die Industrie birnt uns. Ihr Saftladen weiss Rat.

Das oben gedruckte ist natürlich nicht die ganze Wahrheit, beim Lesen dieser Zeilen werden passionierte Heimelektriker eifrig den Kopf schütteln. Denn – Sie haben es bestimmt bemerkt, liebe Leserin, lieber Leser – selbst eine eindeutig kugelförmige Glühbirne wird nicht Glühapfel genannt. Da staunt der Laie, das ist sozusagen die linguistische Rache der Birnen an den Äpfeln, eine ausgleichende Gerechtigkeit. – Ha, die Birne fällt eben weit vom Stamm!

Gesund leben

«Gesund leben statt krank arbeiten» steht geschrieben, mit Sprühfarbe. So gesehen an einer Mauer unweit der Universität Zürich, in grossen, blauen Lettern. Rot war aus, vermutlich. Niemand will Sie hier mit einer Hasstirade auf die hohe Kunst des Sprayens langweilen, nein, auch um politische Ideologien soll es nicht gehen, nicht um Hammer und Sichel oder etwelche andere Symbolik. Es geht um den Kern, die Botschaft. Um Philosophie.

Man kann lange darüber nachdenken. Werden hier Äpfel mit Hirnen verglichen? Lassen Sie uns tiefer blicken, nehmen wir zu Beginn – der Einfachheit halber – als Grundmenge diejenige Menschen, die leben. Das ist ja die Voraussetzung für jegliche Handlung, irgendwie, selbst wenn wir eine Zeit lang über Behörden gelacht haben, die in Griechenland längst verstorbenen Personen Renten ausbezahlt hatten. Lasst uns die Lebendigen mit einem grossen, blauen Kreis darstellen (A).

Ein Grossteil der Grundmenge ist gesund, glücklicherweise, Virus hin oder her, weshalb wir mit einem kleineren Kreis – nehmen wir rot – die Kranken illustrieren wollen (B). Je kleiner B, desto besser die Welt. Nicht zu vergessen seien an dieser Stelle die Leute ausserhalb der Grundmenge A, die Halb- oder Untoten (eine hervorragende Gelegenheit für den Querverweis auf die äusserst empfehlenswerten dokumentarischen Werke «Zombieland» und «Zombie Massacre»).

Ausschliesslich im grossen Kreis der Lebenden allerding befinden sich diejenigen Menschen, die arbeiten, dargestellt mit einem grünen Kreis (C). Klar. Es ist alles so einfach, fast unerträglich. Wobei wohlgemerkt – Sie sehen die Schnittmenge – teils auch Menschen arbeiten müssen, leider, die krank sind, – oder von der Arbeit krank werden, traurig und wahr.

Hier springt der Frosch ins Wasser, achten Sie auf die gelb schraffierte Fläche: Exakt auf diese Gruppe zielt «gesund leben statt krank arbeiten» ab. Und natürlich auf diejenigen Glücklichen, die – eben – gesund leben, siehe lila schraffierte Fläche. Sie arbeiten nicht, ganz offensichtlich, sind Kinder, Reiche, Rentner, Stellensuchende, reiche Kinder oder allenfalls ehrenamtliche Sprayer, begnadete. Oder vielleicht Studenten.

Und ratzfatz ist die Botschaft rational entschlüsselt, greifbar gemacht, sozusagen analysiert. Ein Kinderspiel. An dieser Stelle ein grosses Kränzchen an den Künstler, die Künstlerin, die Künstlernden, die ... – kurz: Man kann auch schlau sprayen statt krank arbeiten. Wände sind geduldig. Also tausend Dank an den Sokrates mit der Dose. Oder die Sokratusse. – Aber jetzt ist erstmal Schluss mit den Frotzeleien, basta. Demnächst an dieser Stelle: Die Analyse des Slogans «Lieber reich und gesund als arm und tot». Auf Wiederlesen, leben Sie gut!

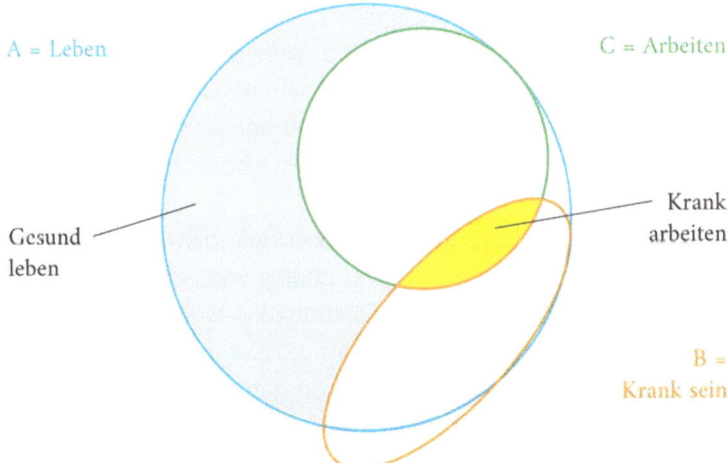

A = Leben

C = Arbeiten

Gesund
leben

Krank
arbeiten

B =
Krank sein

Vorhang auf

Wäre an Reality Soaps alles echt, dann wäre die Welt ein trauriger Ort: Menschen würden dumme Dinge sagen, in Soaps, und Zuschauer würden sich denken «mein Gott, sagen diese Menschen dumme Dinge» und würden fortan ein paar Millionen Jahre Evolution anzweifeln. Vielleicht würden sie einen grossen, metallenen Hammer zur Hand nehmen und ihr Fernsehgerät in tausend Stücke schlagen. Und ein Buch lesen. Vielleicht.

Da können wir von Glück reden, dass in Reality Soaps geschummelt wird, ein kleines bisschen. Hier ein paar Dialoge vorgegeben, da ein Stückchen nachgeholfen, dem Publikum zu Liebe, und alle sind glücklich. Parallelen zur Politik allerdings sind – ich bitte Sie! – ganz und gar deplatziert. Das eine ist eine geschickt organisierte Schummelei, eine Illusion zur seichten Unterhaltung der Menschen. Und das andere eine Reality Soap.

Aus künstlerischer Perspektive könnte man sich leicht zum Fenster hinauslehnen und behaupten, dass in Reality Soaps für gewöhnlich eher mässig begnadete Schauspieler auflaufen würden, während in der Politik sehr gute Artisten am Werk seien. Man müsste in Erwägung ziehen, die Rollen zu tauschen. So oder so: Am Ende entscheiden die Konsumenten – beziehungsweise: die Wähler – welches Theater sie sehen möchten, auf der Politbühne und im Flimmerkasten. Na ja, vielleicht ist weiter oben dieses Textes Blödsinn geschrieben, vielleicht ist doch vieles echt an ... – bitte um Entschuldigung!

Strom fürs Volk

«Die Schweiz ist eine Bananenrepublik», rufen die einen. Keinen Strom gebe es da, just in dem Moment, in dem man die Taste für den doppelten Espresso drücke, an der Kaffeemaschine. Oder, wenn man im Aufzug stehe, zu zweit mit dem Typen von der Marketing-Abteilung, der immer so viel interessante, interessante Sachen zu erzählen hat. Skandalös sei das, jawohl. Der Tesla bleibt parkiert.

«Ach wo, keine Panik!» rufen andere. Man habe das Problem erkannt und – natürlich – längst ein Konzept in der Schublade, welches Kapitel wie Stromsparen, Importe, neue Staumauern, ausgiebige Gebete und Leben in Dunkelheit beinhalte. Nur nicht hyperventilieren, alles im Griff. Ein doppelter Espresso sind übrigens zwei Espressi auf einmal *(dies war ein gesponserter Beitrag von und für Klugscheisser)*. Und Aufzüge fahren immer nach oben.

Beide Seiten haben recht, auf ihre Weise. Und doch würde sich der Bürger, die Bürgerin, ein bisschen mehr Diskussionsbereitschaft von allen Parteien wünschen, es ist ja nicht zum Aushalten, wie sich die Fronten verhärten! Noch ist ja nichts passiert, noch haben wir die Chance, mit offenen Augen ins Messer zu laufen. Richtig schlimm wird die Lage ja erst, wenn die Fernseher nicht mehr funktionieren, zu Hause.

Wissen Sie, alles lässt sich ein Volk nicht gefallen.

Von vorne nach hinten nach vorne

Es gibt Menschen, die lesen eine Zeitschrift andersrum, – also, jetzt nicht von unten nach oben, natürlich, sondern sie beginnen bei der letzten Seite und … – diese japanischen Manga-Comics, die recht angesagt sind, wissen Sie, die lesen sich auch von hinten nach vorne (was selbstverständlich anmassend ist, zu behaupten, so wie wir lesen würden sei der richtige Weg). Aber zurück zu den Magazinen, den deutschsprachigen.

«Von-hinten-nach-vorne»-Leser erwarten vermutlich, das Beste komme gegen den Schluss des Heftes, und dies sollte man möglichst rasch geniessen. Niemand kann uns sagen, was uns das Schicksal während der Zeit des Lesens noch bescheren wird: Blitzschlag, Herzschlag oder das hübsche Mädchen im weissen Kittel ruft Ihren Namen ins Wartezimmer. Tausend Dinge könnten uns vom vermeintlich Besten abhalten, vom Glück.

Oder aber es ist genau umgekehrt: Der Gourmet möchte das Beste zum Schluss und vermutet die Kostbarkeiten immer im vorderen Teil seiner Lieblingszeitschrift. Zuerst der Rosenkohl und zum Ende die Fischstäbchen. Wir wissen es nicht, selbst Zeitschriftenpsychologen sind sich uneinig.

Vielleicht liegt das Heft – von hinten nach vorne geblättert – ganz einfach besser in den Händen.

Danke an
Ralph Weibel, Marina Lutz, Janine Lenherr, René Probst, Markus Somm,
den Nebelspalter.

Danke für die Inspiration an Tocotronic und Züri West, an Perscheid und
Gary Larson, an alle Menschen in öffentlichen Verkehrsmitteln, auf der
Strasse, in Bars und Cafés, im Alltag.

Danke an alle, die uns Dinge vorrechnen und diese eindrücklich
visualisieren, damit wir sie glauben.

Danke den Radarfallen an den Strassenampeln dieser Welt für die
Erinnerung – wie ein Geistesblitz – an unsere Fehler.

Danke an meine Eltern.

Danke an Julia, Partnerin und gnadenlose Kritikerin meiner Texte.

Jürg Ritzmann, geb. 1974, aufgewachsen in Schöftland AG, hat eine Banklehre absolviert und sich in BWL weitergebildet. Seit 2000 erscheinen regelmässig Texte im Humor- und Satiremagazin «Nebelspalter».

Ritzmann hat zwei Söhne und lebt in Zürich.

Kontakt via juergritzmann@gmail.com
Insta *74rizzi*

Lust auf mehr?
Ebenso erhältlich: «Halbwissen ist ganz stark verbreitet – über Unwissen weiss man zu wenig» (ISBN 978-3-7568-6927-5)

«Wirklich ein sehr, sehr gutes Buch. Unbedingt kaufen!»
(Rezension eines unbekannten Lesers; frei erfunden)